JN177718

劇場版総集編

ハイキュー!!
"才能とセンス"

原作:古舘春一　小説:吉成郁子

CONTENTS

『欲』
HAIKYU!!

——目の前に立ちはだかる高い高い壁。
その向こうは、どんな眺《なが》めだろうか。
どんなふうに見えるのだろうか。

〝頂《いただき》の景色〟。

おれ独《ひと》りでは決して見ることのできない景色。
でも。
独りではないのなら、見えるかもしれない景色。

その瞬間、時が止まった。

孤独な王様だった影山飛雄《かげやまとびお》が、コート上で誰より高く飛んでいる日向翔陽《ひなたしょうよう》に向けて放った正確無比《むひ》で、完璧《かんぺき》なタイミングのトス。日向が渾身《こんしん》の力で振り下ろす手で捉《とら》えられたボールが、烏野《からすの》高校排球部《はいきゅうぶ》の勝利への渇望《かつぼう》をこめて相手コートへ打ちこまれた直後。

その攻撃を読んでいた青葉城西《あおばじょうさい》の主将《キャプテン》・及川徹《おいかわとおる》の執念を秘めた冷徹な視線の先で、三枚ブロックによって完全に跳《は》ね返《かえ》された。

着地しながら振り返る日向が見たのは、自陣《じじん》コートに返されるボール。必死に追いすがろうとする影山、東峰旭《あずまねあさひ》、西谷夕《にしのやゆう》の手の先で、ボールはコートに落ちた。

時が止まった一瞬後、審判が試合終了の笛を吹く。

勝者、青葉城西高校。

インターハイ予選第三回戦、烏野高校、敗退。

歓声も聞こえず、日向は愕然《がくぜん》とその現実を見つめることしかできなかった。

それから約一か月後。

「オオッ！　あれは！」

「あれはもしや……」

「「スカイツリー!?」」

晴れた空を背に建つ、電柱よりははるかに高いが、ツリーと言われると微妙な高さの鉄塔を見上げて、西谷と同じ、烏野高校2年の田中龍之介《たなかりゅうのすけ》が興奮ぎみに声をそろえる。すると、いつもの柔和《にゅうわ》な笑《え》みを浮かべて音駒《ねこま》高校3年の海信行《かいのぶゆき》が穏《おだ》やかに言った。

「いや、あれはただの鉄塔だね」

そんな海の横で、「ぶっひゃひゃひゃひゃひゃひゃ」と腹を抱《かか》えて盛大に笑うのは、同じ音駒の3年でありバレー部主将の黒尾鉄朗《くろおてつろう》。

ここは東京郊外にある音駒高校。

インターハイ出場は叶《かな》わなかったが、烏野バレー部に立ち止まっている暇《ひま》はない。

高校のバレー部にとっての大きな大会は、おおよそふたつ。インターハイと、もうひとつは全日本バレーボール高等学校選手権大会、通称〝春高《はるこう》〟だ。

以前、一度だけ烏野バレー部が行った全国の舞台。

それは烏野にとって、ある意味インターハイより大切な夢の舞台だった。

東京、オレンジコート。

烏野が敗北から立ち上がり、もう一度そこへ辿《たど》り着《つ》くために必要なのは、今よりもっともっとゆるぎない強さ。それを身につけるために烏野バレー部の面々は東京に遠征に来ていた。

〝堕ちた強豪《きょうごう》、飛べない烏〟と揶揄《やゆ》された烏野と、通称〝ネコ〟の音駒。

音駒高校とは因縁《いんねん》の相手であり、好敵手。ゴールデンウィークに練習試合をして以来の再会で、いつか猫と烏の〝ゴミ捨て場の決戦〟をしようと約束した。

「風景あんま宮城《みやぎ》と変わんねーなー」

「そりゃ郊外だからな」

長時間のバス移動で眠そうに東峰が呟《つぶや》く隣で、副主将の菅原孝支《すがわらこうし》がいつものさわやかな笑顔で言う。その後ろを、大あくびをする月島蛍《つきしまけい》をさっきまでただの鉄塔に興奮していた西谷が「キリキリ歩けーっ」と元気に押していき、そのさらにあとをいつも月島と一緒にいる山口忠《やまぐちただし》が目をこすりながらついていく。

「……ていうかオイ」

そんな部員たちの様子《ようす》をどっしりと見守っていた主将の澤村大地《さわむらだいち》の横に、いつのまにかやってきた黒尾がグッと近づく。主将同士、お互いを食えないヤツと思っている関係だ。

そんな一癖《くせ》も二癖もありそうな相手からイヤなことを突っこまれる予感に、澤村はギクリと笑顔をこわばらせた。

「なんか人足《た》んなくねーか」

全員降りたはずの烏野バレー部員は、ふたり足りない。澤村は「実は……」と言いにくそうに口を開く。

日向と影山の学力はレッドカードレベル。だが遠征には絶対に行きたいと死にものぐるいで勉強したが、それぞれ一教科、赤点を取ってしまったのだ。学生の本分は勉強。当然、優先させるべきものは決まっている。

「じゃ、あの超人コンビ、今頃補習受けてんの？」

「ああ……まぁ、でも……」

「うおおおお⁉」

体育館へと向かいながら話していた黒尾と澤村が、後ろからの突然の叫び声に驚き思わず歩みを止める。

「じょっ、じょっ……女子がふたりになっとる……！　キレイ系と、カワイイ系……‼」

そう膝《ひざ》をつき、悲憤《ひふん》したのは音駒の２年・山本猛虎《やまもとたけとら》。その前には烏野マネージャー３年の清水潔子《しみずきよこ》と、新しく入った１年の谷地仁花《やちひとか》がいる。

これから大切に育てるつもりの谷地になにかあってはいけないと、スッと手で庇《かば》う潔子の後ろで、谷地は、

（モヒカン……東京すごい……！）

と、山本の頭に目をぱちくりさせている。そこにスッと入ってくる影。

「見たか虎《とら》よ……。これが烏野の本気なのです」

そう言って後光《ごこう》がさすような菩薩《ぼさつ》の笑顔で、マネージャーたちを守るように立ちはだかったのは田中。

「くっ……！　眩《まぶ》しいっ……！　ぐぬぬぅ～」

音駒バレー部には女子マネージャーがいない。山本にとって、女子マネージャーとは憧《あこが》れであり、女子マネージャーがいる他高のバレー部員は憎しみの対象なのだった。

ふははははは！　と高笑いする田中の後ろで潔子が動じることもなく「行こう」と谷地を連れていく。

距離の遠さも、時間の長さも、一度本気で試合をした相手なら関係ない。会えばすぐに縮まる関係が烏野と音駒にはあった。

似た者同士の田中と山本のやりとりを呆《あき》れたような笑みで見ていた澤村に、黒尾が声をかける。

「……じゃあ準備できたらすぐ体育館来いよ。もう他の連中も集まってる」

「……おう」

黒尾の言葉に、澤村と東峰、菅原の顔がグッと引《ひ》き締《し》まる。

今回の遠征での練習相手は音駒だけではない。

梟谷《ふくろうだに》グループといわれる、音駒を含む関東《かんとう》の数校でできている集まりだ。そういうグループは昔からの関係性でできているので、なかなかツテなしで入れるものではない。だが顧問の武田《たけだ》一鉄《いってつ》の熱心な頼みと、音駒の猫又《ねこまた》監督の口添えもあり今回合同練習に参加させてもらえることになったのだ。

強くなるためには、強い相手とたくさん戦わなければならない。


一方その頃、烏野高校で日向と影山も一番の強敵と戦っていた。

「おうおうおうおう。いつになく真剣だな、お前ら！」

見たこともないほどの集中力でガリガリと補習を受けているふたりの様子《ようす》に、補習を担当した小野《おの》先生も上機嫌《きげん》で見守っている。

日向と影山は東京遠征をあきらめてはいない。なぜなら補習は一教科だけ。午前中で終わらせればなんとか間にあうはずなのだ。

『そしたら俺が「救世主」を呼んでやろう』

そう言った田中の言葉を糧《かて》に、ふたりは超速攻《そっこう》で補習を終わらせ、終了を知らせるチャイムとともに教室を飛び出した。

「ヘイ、赤点ボーズども」

「！」

校舎を飛び出したふたりの前に現れたのは、烏野食堂と書かれた白い軽自動車をバックにした、どこかで見たことのあるような勝気《かちき》そうな顔をしたナイスバディの女だった。

「乗りな」

親指で車を指《さ》すその様子に、日向と影山はただならぬ気配を感じ思わず生唾《なまつば》を呑《の》む。

「……た、田中さんのお姉さんですかっ⁉」

「冴子《さえこ》姉さんと呼びな。東京までなんてあっという間に届けてやるよ！」

〝バチーン☆〟とウィンクをする冴子に日向と影山は、まさに救世主のような頼もしさを感じた。だが、救世主の運転はもしかしたら東京をあっさり越えて、天国に行ってしまうような荒々しいものだった。

ドアを閉じたとたん、しょっぱなからアクセル全開で急発進する車。タイヤがギュンと音を立てるほどの大胆なハンドルさばきで校門を出たかと思えば、急な坂道のガードレー

ルすれすれをジェットコースターのように下っていく。

「うわぁぁぁぁ!!」

助手席の日向はシートベルトのありがたみを実感し、後部座席の影山はシートベルトもちぎれそうなほど揺さぶられまくっている。

東北の燃ゆる緑の山々を抜け、ふたりの気持ちそのままに白い車は飛ぶように東京へと走っていく。


「お久しぶりです、猫又先生」

「おう、よく来たな」

体育館の玄関口で、コーチの烏養繋心《うかいけいしん》が挨拶《あいさつ》すると猫又は軽く手を上げて答える。烏養の祖父である烏野の元監督・烏養一繋《いっけい》と猫又はライバル関係である。

「このたびは、合同練習に参加させていただき本当にありがとうございます!」

顧問の武田も頭を下げてお礼を言うと、猫又は好々爺《こうこうや》のように目を細める。だが。

「いやいや、こちらこそしっかり見せてもらいますよ。どれほど力をつけたのか」

ニヤリと笑う目は、挑戦的だ。烏養と武田は相変《あいか》わらず油断《ゆだん》できないその目に、グッと顔をしかめた。


「お願いしあス！」

「しあーす！」

烏野バレー部の面々が緊張の隠しきれぬ顔でやってきた体育館は、いつも練習している体育館の倍以上の広さがあった。コートはふたつ。それでも空《あ》いている場所などなく、そこかしこからひっきりなしにボールの弾《はず》む音やシューズと床が擦《こす》れる音がしている。

「あれ……？　翔陽は……？」

烏野に気づいた音駒の２年・孤爪研磨《こづめけんま》が不思議そうに呟《つぶや》く。孤爪と日向は５月の練習試合のときから、互いの近況などメールをする仲だ。

「補習だってよ」

近くにいた山本が気の毒そうに答えると、孤爪は「あー……」と小さく納得した。

「アップとったらこのなかに入って。あとはひたすら全チームで、ぐるぐるとゲームをやる」

「おう」

「1セットごとに負けたほうはペナルティでフライング、コート一周。向こうに対戦表あるから確認して。確か一回戦目は森然《しんぜん》と当たるはず」

「わかった」

黒尾が澤村に練習内容の説明をしていると、近くにいた菅原はある視線に気づき、隣の東峰に話しかけた。

「なぁ、前の練習試合のとき、音駒にあんなヤツいたっけ？」

東峰は菅原の視線を追って、ビクッと肩を上げた。東峰は身体《からだ》は大きいが、気は小さい。

「めっちゃ、こっち見てるヤツ？」

「そう」

「いや……いなかったと思うけど……」

遠慮のない視線をまっすぐに向けてくるのは、長身で細身の日本人離れした顔立ちの生徒だった。

バチンッ!!

ひとつのコートで、唇《くちびる》が分厚《ぶあつ》い選手が相手コートに放った強烈なジャンプサーブに、受けようとしたモアモア頭の選手の腕が弾《はじ》き飛《と》ばされる。

「くっそータラコめー!!」

悔《くや》しさを吐き出すモアモア頭。

「ヒィィッ、腕もげる〜」

「あそこのチーム、全員サーブがすごいんだよね」

あまりの強烈なサーブに谷地が青ざめ、腕をさする。潔子も目《ま》の当《あ》たりにしたその威力に内心驚きながら、もう一度サーブを打とうとしている選手に注目した。

「もう一本ナイッサー!」

高いジャンプから繰り出される砲弾《ほうだん》のようなサーブ。

サーブこそが究極の『攻《せ》め』だと、サーブに特化している生川《うぶかわ》高校。タラコ唇の主将・強羅《ごうら》昌己《まさき》が打つさまを、東峰がじっと見つめていた。同じくそのサーブを見ていた烏養が口を開く。

「でも、一度このサーブを上げることができれば……」

武田が、ボールの行方を追う。

「こいやー!」

ポンッ! モアモア頭が根性でボールを上げる。と、同時に三人の選手がいっせいにネ

ットに向かって走りだした。

「わぁぁ⁉　なんかいっせいに動きだした⁉」

驚く谷地の先で、ジャンプし、振りかぶる選手に向かい強羅がブロックに飛ぶ。だが、その選手の後ろから――。

「残念、コッチでした！」

バシィ！

モアモア頭がバックアタックを決める。

「すごい連携……」

潔子も思わず呟き、谷地は目まぐるしい攻撃に目を回した。

「あ…あっちこっちから人が飛び出してきて、もう誰が打つのやら……」

「っしゃあ！」

コンビネーションの匠《たくみ》、森然《しんぜん》高校。モアモア頭の主将・小鹿野《おがの》大樹《だいき》がガッツポーズで喜びを露《あらわ》にする。

澤村と田中、菅原が、今のコンビネーションプレーを食い入るように見つめていた。

「……さらに因縁《いんねん》のライバル……」

武田はもうひとつのコートを振り返る。

「夜久《やく》さん！」

「っ！」

山本の声を受けながら、音駒の3年、リベロ・夜久衛輔《もりすけ》がラインぎわに飛んだボールをしなやかに拾《ひろ》う。烏養が久しぶりに見たプレーに思わず呆れたように言った。

「相変わらず、いいレシーブしやがる」

とにかく拾って繋《つな》ぎ反撃のチャンスを窺《うかが》う音駒高校。

同じリベロである西谷も、夜久の動きをじっと見つめていた。

「そして……」

烏養が見つめる先で、山本が相手コートに打ちこんだアタックが、かろうじてレシーブで上げられる。だがコートから外《はず》れていくボール。それを呼び戻すように豪快な声がする。

「赤葦《あかあし》ー！」

呼ばれた選手が追いつき、「木兎《ぼくと》さん！」と声をかけながらボールを戻す。ネットぎわ、上げられたボールに向かって逆立《さかだ》てた髪の選手が力強く飛び上がる。

バァン!!

強烈なスパイクで二枚ブロックを突破し、コートにバウンドしたボールが勢いそのままちょうど移動していた月島に向かう。

「ツッキ――‼」

「っ！」

山口の声に気づいた月島が、なんとか腕でボールを弾《はじ》いた。だがアタックした選手、木兎光太郎《こうたろう》はそんなことにはおかまいなく、自分のプレーが決まって昂《たかぶ》るテンションのまま大きくガッツポーズを決めながら叫ぶ。

「おっしゃあああ‼　俺って最！　強～‼　ヘイヘイヘーイ‼」

全国で五本の指に入る大エース木兎を擁《よう》する、強豪《きょうごう》・梟谷学園。

「こんなチームと戦えるなんて……！」

武田が木兎のプレーに圧倒されながら嬉《うれ》しそうに言う隣で、烏養も「だな……」と興奮を隠しきれない様子で頷《うなず》く。相手が強ければ強いほど、対戦から学べるその収穫はきっと大きい。けれど、その厳しさを予想して顔をしかめる。

「だが、相手の強さにビビってる場合じゃねえ。俺たちはこいつらと渡り合っていかなきゃいけねえんだ」

月島はボールが当たったあたりを摩《さす》りながら顔をしかめていたが、やがて興味をなくしたようにふいと歩きだした。

烏養の予想どおり、ゲームの結果は厳しいものだった。

「よーし、じゃあフライング一周！」

「オース！」

澤村を先頭に、負けたペナルティのフライングをする烏野を見て、森然と梟谷の補欠選手たちが訝《いぶか》しげに話しだす。

「あいつら何敗目だよ」

「べつに弱くないけど、平凡……だよな……」

「音駒が苦戦した、ヤバい1年てどれのことだよ？　音駒の連中の、買いかぶりすぎじゃあ……」

「ぐぬぬ……」

そんな話し声が聞こえてしまった谷地は、悔《くや》しさを必死でこらえる。谷地はまだマネージャーになって間もないが、すっかりもう烏野バレー部の一員だ。そんな谷地を見て、潔子は優しく苦笑する。

「仁花ちゃんおさえて。どーどー」

そして確信をこめた響きで続けた。

「大丈夫。田中の言うことがホントならもうすぐ……」

そのとき、体育館の扉が開いた。

「おっ、まだやってんじゃん。間にあったね、上出来！」

息をきらし、上気した頬《ほお》でやってきたのは冴子。そして――。

「主役は遅れて登場ってか？　ハラ立つわ～」

それに気づいた黒尾がしかめた顔でニヤリと笑って出迎える。近くにいた孤爪も、そして音駒と対戦していた木兎たちも、彼らに気づいてそちらを見る。烏養たちも、そして猫又も。

夕日を背負い、現れた二羽の烏。

やっと日向と影山が合流した。


「ナイッサー！」

「ナイスレシーブ！」

上がるボール。すぐさま駆けだした日向が、思いきりジャンプし手を振り上げたそこに影山の矢のようなトスがやってくる。対戦相手の森然のブロックも間にあわず、日向と影

梟谷

山の変人速攻が鮮《あざ》やかに決まった。

「おい、なんだよアレ……」

「スッゲー速い……」

「あんな速攻見たことね～……」

脇《わき》で見ていた梟谷の木葉《このは》秋紀《あきのり》と尾《お》長渉《ながわたる》と小見《こみ》春樹《はるき》が思わず呟く。

「次、止めるぞ！」

小鹿野が声を出す向こうで、影山が華麗にサーブを打つ。2年でセッターの赤葦京治《けいじ》と並んで試合を見ていた木兎が感心したように声をあげた。

「うっは、いいサーブ！　やるな～」

バシッ。

森然の千鹿谷《ちがや》栄吉《えいきち》のスパイクが日向のブロックに当たり、浮く。

「!?」

着地した千鹿谷はハッとする。同じように着地したとたん、日向がバッとライト側へ向かって駆けだしたのだ。

「栄吉ィ!!　10番止めろォ!!」

小鹿野の声に千鹿谷はあわてて追い、手を伸ばすが、次の瞬間には影山のトスが飛んでいる日向へ放たれ、千鹿谷の手をかすめて、またしても変人速攻が決まる。

森然21ポイント、烏野25ポイント。

烏野のこの日初めての勝利だった。

「くっそー!!　ちょっとかすったけど追いつけねえ!」

「あの途中から来た9番、10番の速攻なんなんだ!」

日向と影山の変人速攻に翻弄《ほんろう》された千鹿野と小鹿野が悔しがるその前で、息荒く前を見《み》据《す》える日向と影山。そのキリッとした様子に田中が後ろから囁《ささや》く。

「カッコつけてんじゃねーぞ、赤点遅刻組……」

ギクッ……となにも言えない日向と影山だった。

「フライング一周〜!」

「オ〜ス」

森然が悔しそうな様子でフライングを始めた横で、澤村たちは疲れた身体でコートを引き上げていく。

「9セット目にしてやっと初勝利か……初のペナルティなしだな……」

ずっとペナルティを続けてきた疲労感は半端《はんぱ》ない。ホッとしながらもどこか悔しそうな澤村の横で西谷が叫ぶ。

「ハラへったー!!」

バンッ。

「ナイッサー！」

もうひとつのコートでは、まだゲームが続いていた。

「向こうは生川高校対音駒か。時間的にあれが今日のラストゲームかもな」

田中が体育館の時計を見上げながらそう言う後ろで、日向はなにやらじっと考えこんでいた。

（……後半、もうあの速攻についてこられた……）

思い出すのはついさっきの千鹿谷の最後のブロック。結果的に決まったが、手をかすめた。そうされるのも、これが初めてではない。今まで戦った伊達工《だてこう》にも青葉城西にも音駒にも、最初こそ変人速攻で翻弄できたが試合のなかで徐々に追いつかれてしまった。

（やっぱりあの速攻も強い相手にはいつまでも通用しない……）

「翻弄されてたな」

「うっせぇ！　目の前であの速攻見てみろ！　なに起こっててっかわかんねえから！」

フライングを終えた小鹿野に、試合を終えた強羅が声をかける。勝手知ったるつきあいなので遠慮など存在しない。

「いや〜、今年は面白《おもしろ》くなりそうだな」

木兎の子供のような好奇心旺盛《おうせい》な目の先には烏野がいる。


「翔陽の速攻は相変わらずすごかったなー!」

練習も終わり、自由時間。

日向は、孤爪と犬岡走《いぬおかそう》のいる音駒の宿泊する教室にやってきていた。もうすでに敷かれている布団《ふとん》の上に車座になっている。5月の練習試合で同じ1年の犬岡とは気が合い、すぐに友達になった。そんな犬岡から屈託《くったく》なく言われた日向は、険《けわ》しい顔で答える。

「でも……あれじゃ今までと変わらないんだ……」

(あのときと変わらない……!　おれは強くなるためにここに来たんだ……!)

思い出すのは、あの瞬間。忘れられるはずもない、時が止まった瞬間。

日向は強さを、そして変化を求めていた。

あの瞬間を乗り越えるなにかを。

日向はハッと思い出して顔を上げた。

「なぁ！　あの音駒のミドルブロッカーって何者なんだ⁉」

その声に、ゲームをしていた孤爪が「あー……」と顔を上げ答える。

「1年の灰羽《はいば》リエーフ。ロシア人と日本人のハーフだよ」

菅原と東峰をじっと見ていた長身で細身の選手。しなやかな体軀《たいく》から繰り出される鞭《むち》のようなスパイクを打っていた。

バレーを始めたのは高校に入ってからで、5月の烏野との練習試合にはベンチ入りもしていなかったので来ていなかったのだ。だが、もともとの身体能力の高さとセンス、そして恵まれた身長で頭角《とうかく》を現しはじめているらしい。

「ハフッ、ハーフッ‼　かっけぇ‼　リエ、リ……」

「リエーフ。なんだっけ……ロシア語で……虎？」

孤爪に聞かれ、犬岡が答える。

「獅子《しし》っすね！　ライオン！」

「まぁ。戦力になるし、素直だし、ヤなヤツじゃないよ。たまに素直すぎるけど」

そこへ買い出しに行っていた夜久と2年の福永招平《ふくながしょうへい》と海が戻ってきた。だが話に夢中な日向たちはそれに気づかず話し続ける。

「あ、でもパスとかの基礎はまだ全然ダメ。翔陽よりもダメ！　サーブも翔陽よりへたくそ」

リエーフのへたくそ加減《かげん》を思い出し不機嫌そうになった孤爪に、日向が詰め寄る。

「研磨のへたくその基準は、おれなのかよ！」

「だってへたじゃん」

「うぐっ」

言い返せず押し黙るしかない日向。

そんな光景を黙って見ていた夜久が、感慨深げにそっと涙を拭《ぬぐ》った。

「あの研磨が人見知りせずにしゃべってるよ……」

「うんうん」

海もほほえましく頷く。その様子はまるで子供の成長を見守る母と父のようだった。

翌日、朝から体育館に日向の声が響いた。

「来いやー！」

飛んできた日向に影山からＣクイックのトス。鮮やかに変人速攻が決まる。

二日目、ゲームの最初の相手は生川高校。烏野がリードしている。

「烏野はゴールデンウィークのときより落ち着いて見えますね！　それに相変わらずのあの10番の速攻！」

「ん〜そうね〜。全体的に安定感が出てきたね〜」

少し離れて見ていた音駒コーチの直井《なおい》学《まなぶ》が猫又に、相変わらず厄介《やっかい》なチームだというように苦笑しながら話しかける。ちなみに直井は烏養コーチと高校生のときからの腐《くさ》れ縁《えん》だ。

穏やかに答えた猫又だったが、そっと真剣な眼差《まなざ》しになる。

（……だがそれでいいのか？　烏野。今あるその力で負けてきたのだろ？　だから強くなるために、ここへ来たのだろ）


「ナイスレシーブ！」

上がったボール。目をつむって思いきりジャンプした日向が、影山からのトスを音駒コートに叩《たた》きこむ。リエーフのブロックも、夜久のダイビングも間にあわず、またも変人速攻が決まった。

「くっそ！　すっげ!!」

初めて日向と影山の変人速攻を目《ま》の当《あ》たりにして、リエーフがわくわく顔で悔しがる。

「ドンマイリエーフ！　惜《お》しかったぞ！」

「ハイ！」

山本に声をかけられ笑顔で答えるリエーフ。

速攻が決まってみんなが「よっしゃー！」と喜ぶなか、日向はひとり、そんなリエーフをじっと見ながら、ひたひたと迫ってくるなにかを感じ取っていた。

「やはり烏野の10番、速攻を打つ瞬間目をつむってますね……」

「うーん……あの神業《かみわざ》のような速攻の正体はセッターの超絶技巧ってわけだ……」

森然のコーチと監督が神妙な様子で分析するなか、澤村が音駒からのスパイクをレシーブする。

「大地さんナイスレシーブ！」

その直後、日向がネットに向かって駆けだした。向こう側で待ちかまえているリエーフの前で、目をつむったままバッと大きく右へとジャンプする。そしてそこへいつものように正確にやってくる影山のトスをアタックした直後——。

バンッ!!

ボールはリエーフのブロックに弾き返された。西谷が飛ぶが、間にあわずコートに落ちるボール。

その瞬間、日向はひたひたと感じていたなにかをはっきりと感じ取った。脅威《きょうい》だ。

あの瞬間と同じ壁が目の前に突きつけられる。

「うおっしゃあああ!!」

リエーフが叫ぶ。ベンチの武田はリエーフのブロックに驚きながら口を開いた。

「と……止められた……あの速攻がこんなに早く」

烏養も驚きに顔をしかめる。

「前から音駒はあの速攻への対処が優《すぐ》れてるからな……」

加えて、リエーフの反応速度と身長がそれを後押ししていた。

影山は日向に近づき小声で作戦を伝える。

「おい、普通の速攻増やしていくぞ。フワッのほう……」

しかし、日向の返事はない。

「おい、聞いてんのか!」

「……おう」

そう頷く日向の横顔は、楽しそうに笑っていた。脅威は必ずしも敵とは限らない。

「ナイサー！」

「龍《りゅう》！」

「オーライ！」

音駒からのサーブを田中が上げる。同時に日向がダッシュしジャンプしたのに対して、リエーフもブロックへと飛ぼうとするが、直前で影山のトスに反応する。

囮《おとり》の日向のさらに向こうの東峰へのトスに、リエーフは一瞬で追いつきスパイクをブロックした。日向と東峰が目を見張る。

「！」

叫ぶリエーフ。

「さわっ……ワンタッチ！」

ベンチで山口と菅原がリエーフの動きに驚きながら言う。

「日向につられたと思ったのに……！」

「一歩出遅れもブロック高い！」

「チャンスボール！」

夜久が上げたボールを孤爪が近くでジャンプしたリエーフにトスを上げ、すぐさまアタックが決まる。日向のブロックも、西谷のレシーブも間にあわなかった。

「シャッ！」

「よっしゃあああ！」

（こいつら……！）

カウンターが決まり喜んでいる音駒を見て、澤村が危機感を感じたように顔を歪《ゆが》める。

「くっそ！」

影山も悔しそうに顔をしかめた。


烏野のタイムアウト。

烏野2ポイント、音駒3ポイント。

烏養がみんなを前に作戦を伝える。

「まぁ落ち着け。最初から速攻はガッチリ警戒されてんだ。とりあえず音駒相手には東峰、田中のレフト中心で攻めてけ」

東峰たちの返事を聞きつつ、烏養の心は揺れていた。

（……で、いいのか俺？　弱腰じゃねえのか？）

出した指示は、この試合での対処。試合に勝つための作戦として間違ってはいない。けれど、今のこの試合に勝つだけでは、ただの守りの姿勢だ。

「アザッス」

谷地から「はい」と渡されたドリンクを飲もうとした影山は、めずらしく大人《おとな》しい日向に気づく。

「?」

(……やばい……なんだコレ……。音駒、……リエーフ、つえーな、強《つえ》え。もっと強くなんなきゃ……全然勝てない!!)

日向はだんだんと大きくなる鼓動をおさえるように胸をギュッとつかんだ。

立ちはだかる壁。胸の奥底から湧《わ》きあがってくるのは歓喜のような興奮。

壁が高ければ高いほど、その先の景色を本能が求める。

「……?」

影山は、そんな日向の笑みに不可解な警戒心を感じた。

「カバー！　カバー！」

「レフト！」

孤爪がトスを高く上げる。

「ブロック二枚！」

ブロックフォローに回る夜久に「おう！」と答えながら、山本がスパイクを打つ。ラインぎりぎりに打ちこまれたそれに影山が飛びこんでボールを上げた。

「上がった！　影山ナイス！」

「ナイスカバー！」

「オーライ！　ラスト頼む！」

田中と西谷が声をかけるなか、ムリな体勢からのパスで澤村が繋ぐ。ボールは放物線を描きながら東峰のほうへ。

「スマン！　ちょい短い！」

ベンチから菅原と山口が声をかける。

「旭！」

「ラスト！」

「オオッ‼」

走りこみながら、それに答える東峰。そしてジャンプ。だが次の瞬間、ベンチの菅原はコートのなかの光景に思わず目を疑った。

「……えっ？」

「⁉」

振りかぶった東峰もギョッとする。日向がボールに向かって同じくジャンプし、振りかぶっていたのだ。

子供のように楽しげな横顔にはボールしか見えていない。

——その目は、恐ろしいほど純粋な欲の塊《かたまり》。

奪われる。直感した東峰に戦慄《せんりつ》が走る。

ドンッ。

空中で東峰にぶつかった日向が弾き飛ばされ、コートに転がった。

「でえっ」

ボールが転《ころ》がって数秒後、我に返った東峰が青ざめる。

「…う、うわぁぁぁ！　だだだちょちょちょ‼」

「す、すみません‼　ついボールだけ見てて……！　すみません、大丈夫ですか⁉」

心配して近づいた東峰に、ガバッと起き上がった日向はあわてて土下座《どげざ》した。

「ちゃんと周《まわ》り見ろボケェー！　なんのための声かけだタコォォォ‼」

「ボケェ！　日向ボケェ‼」

「ハイ…スミマセン……」

烏養と影山から責められ、日向はただただ小さくなるばかりだ。

「まぁまぁ。おさえろ影山」

怒りがおさまらない影山を澤村がなだめる。シューンと小さくなっている日向を見ながら、烏養は眉《まゆ》を寄せる。

（……日向は完全に無意識だろうが今、エースへのトスを奪おうとしていたように見えた）

同じように感じた東峰も、黙って日向を見つめている。

その瞬間を見ていた猫又は、その兆《きざ》しに笑みを深めた。

（ひなガラスに進化の時か……？　それがチームにとって吉か凶か。それでも変化を求めない者には進化もない。お前がそれを求めるならば、コートの花形であれ、英雄であれ、勝利を引き寄せるエースであれ。貪欲《どんよく》に自分こそが頂点であると言え）

猫又の視線の先で、ゆっくりと頭を上げた日向が影山に近づいた。

「なぁ影山」

「あ？」

「ぎゅん！　のほうの速攻、おれ、目ぇつむんの、やめる」

それを聞いていた烏野の面々に言葉もなく驚きが広がる。

変人速攻は、日向と影山、そして烏野にとっても最大の切り札。初めの頃、なかなかスパイクのタイミングが取れなかった日向が目をつむり思いっきりジャンプしたところへ影山がトスを持っていったことから生まれたのが変人速攻だ。目を開くということは、またスパイクのタイミングがズレる可能性があり、すなわちそれは変人速攻が失敗するということだ。

「あ？」

なにを言ってやがるといわんばかりの影山のにらみに、日向は「うっ……」と一瞬怯《ひる》む。

だが、きっぱりと告げる。

「今のままじゃだめだ。おれが打たせてもらう速攻じゃ、だめだ」

「それができなかったから普通の速攻を覚えたんだろ」

「…………」

即座に断言する影山に、日向はなにも言い返すことができない。

「お前がなに考えてんのか知らねぇけど話なら後で聞いてやる」

「ナイッサー！」

「旭さん！」

音駒からのサーブに西谷が声をあげる。東峰は少し体勢を崩《くず》しつつレシーブした。

（……さっきの会話がなにかわかんないけど……）

そんな烏野チームを見ながら、谷地が不安そうにおずおずと小さな声で隣の潔子に声をかけた。

「日向と影山くんがギクシャクしはじめたの……気のせいじゃない……ですよね？」

確かめつつも、違っていてほしいと願う谷地の思いははずれた。

「うん……」

頷く潔子にもコートに漂う緊張がわかる。

「ワンタッチ！　チャンスボール！」

田中のスパイクがリエーフのブロックに当たり、高く上がった。

「でも、日向と影山だけじゃない。日向と東峰がぶつかってから……全員に緊張が走ってる……」

静かな水面に石が投げこまれたときに、大きく広がる波紋を確かめるように、潔子は言った。

「ダッシャアアアア!!」

バシッ！　ダンッ！

山本のスパイクが決まり、音駒が勝利した。

「っしゃあああ！」

黙々とフライングを始める烏野。

『今のままじゃだめだ』

澤村はフライングをしながら、日向の言葉を思い返す。

(うすうす感じていたことを日向に突きつけられたな……)

そして東峰は、ボールを見つめていた横顔を思い返す。その瞬間の気持ちも。

(あのときのアレは……漠然《ばくぜん》とした恐怖だ)

「よーしいきまーす！　うぐっ！」

「わはは！　手本見せてやる！」

後ろを振り返れば、フライングに失敗し、床に顎《あご》をぶつける日向がいる。西谷のお手本を見る日向の顔はいつもと変わらない。けれど、一度感じた恐怖は簡単には消えない。

（このままではひたすら貪欲に成長し続ける日向に……喰《く》われる）

エースとして、選手として。同じコートに立つ仲間でも、そこにあるボールはひとつだけなのだ。

「………」

「選手らに意識の変化があるようだな」

「！」

しかめ面でそんな選手たちを見ていた烏養の後ろで、猫又が囁《ささや》く。心のなかを読まれたようで、ムムムッとさらに顔をしかめる烏養に猫又は「フォッフォッフォッフォッ」と笑いながら通り過ぎていった。

（……確かに行き詰まった今が成長のチャンス……でも、どう言えば……）

悩む烏養のとなりで、フライングを終え集合した選手たちに武田はニコニコと笑いながら言う。

「みなさんはここにいるチームのなかで一番弱いですね？」

「!?」

驚く烏養。きっぱり言われてムッとする選手たち。だが――。

（言い返せない……）

この二日間で、どこよりもペナルティを受けたのは自分たちだとわかっている。

「どのチームも公式戦で当たったなら、とても厄介《やっかい》な相手。彼らをただの敵と見るのか、それとも技を吸収すべき師と見るのか……。君たちが弱いということは伸びしろがあるということ。こんな楽しみなことはないでしょう」

「！」

選手たちがピクッと反応する。

強烈なサーブも、巧《たく》みな同時攻撃も、強力なスパイクも、ボールを繋ぐ技術も、すべてを体感できることはなにより得がたいチャンスなのだ。

伸びしろという可能性を提示してくれた武田に、澤村たちは顔を上げ、そして礼をした。

「あざしたー!!」

「シター!!」

そんな光景を見て、猫又はニヤリと笑みを深くした。

「つーか今さらだけど、そっちも3年全員残ったんだな」

音駒高校校門前。烏野のメンバーがバスに荷物を載《の》せたりと帰る準備をしているなか、黒尾は隣でみんなを見守る澤村に声をかける。

春高開催は1月。大学受験を控えている3年生にとっては厳しい時期だ。残るには、それなりの覚悟がいる。

「おお。そっちは二日目に去年の優勝校と当たったんだろ？　インターハイ予選。日向に聞いた」

「ああ、ベスト8止まりだ」

「東京都のベスト8とかすげえな」

さらっと口にする黒尾を見上げ、澤村は素直に感心する。だが黒尾は前を向いたまま、やや硬《かた》い声色で言った。

「勝ち残んなきゃ意味ねぇよ」

そんな黒尾に澤村も表情を引き締め前を向く。

「……そうだな……」

いくらいいところまで勝ち上がったとしても、負けたらすべてそこで終わりなのだ。最後まで残るには、勝ち続けなければいけない。

澤村はそんな黒尾の言葉に、改めて覚悟を決めた。

再度冴子にお礼を言って、バスに乗りこもうとした日向の前にぬっとリエーフが現れた。屈《かが》んで日向に顔を近づけ、楽しげに笑う。

「またな日向！　次も止めてやる！」

「負けねーし！　１９４センチに１６３センチが勝ってやるよ！」

リエーフの挑発に日向はニッと笑ってみせた。だが、離れるリエーフの後ろ姿を見る顔には強がりが隠せない。


黒尾や孤爪、リエーフ、それに木兎、強羅、小鹿野たちに見送られ、短く濃い東京遠征は終わった。騒がしかった車内も溜まった疲れで、大半が眠りについた。だが、なかには静かに窓の外を見ながら考えごとをしている者もいる。日向と影山は一番後ろで、離れて座っていた。

オレンジ色に染まる夕日を受けながら、車は高速道路を走っていく。

「今回は本当にいい合宿でしたね。いろんな課題を見つけられた気がします」

運転しながら武田は、助手席の烏養に話しかけた。

「……まぁ、全部持ち帰って一個ずつクリアしてかないといけないけどな……」

烏養は気が重そうに返事をする。やるべきことは多い。とくに、日向と影山の変人速攻だ。変化の可能性は感じた。けれど、その方法はまだ皆目《かいもく》見当もつかない。

窓の外を向く烏養がそんなことを考えているなど露知《つゆし》らず、武田はにこやかに続ける。

「ですね。向こうに帰ってじっくり考えましょう」

「『帰る』、か……」

武田の言葉に、烏養はさらに頭が痛くなる一件を思い出した。

「帰る、っていやぁ、やっかいな身内が帰ってくるんだよな……」

「？」


烏野高校にバスが到着した頃には、もうすっかり暗くなっていた。

「ハイ、皆さんお疲れさまでした」

「した！」

「で、明日はお伝えしてたとおり体育館に点検作業が入るので部活はお休みです。このところ休みなしでしたので、ゆっくり休んでください」

そう言ってニッコリ笑う武田の顔が、一番疲れていた。

「影山」

荷物を片づけ、部室を出た影山に日向が声をかける。

「トス、上げてくれよ」

振り返った影山が見たのは、いつになく静かな日向の顔だった。


「あれ？　ふたりはまだ帰らないの？」

帰ろうとしていた谷地が、突然電気がついた体育館に気づいて覗《のぞ》くと、ネットを張る日向とボールかごを持ってくる影山がいた。

「谷地さん、よかったらちょっとだけボール出ししてくれない？」

「えっ⁉　私にできる⁉」

突然のお願いに困惑《こんわく》する谷地に、日向は指で上を指《さ》し言った。

「影山の頭上に山なりのボール投げるだけ」

「ウ、ウス！　やってみる！」

「フー……お願いします！」

深く息を吐いた日向が、気合を入れて顔を上げる。それを合図に、やや緊張したおももちで谷地が両手で、コート端《はし》でスタンバイしている影山へとボールを放った。

「はい」

日向はネットへと走り、目を開《あ》けたままジャンプし振りかぶる。そこへ影山が日向に向かってトスを出した。

日向はボールを見ながらスパイクを打とうとするが、日向の手はボールより全然低く、しかもタイミングは大きくずれていた。影山は空《むな》しく転がるボールを愕然《がくぜん》と見つめる。

（ボールに気をとられてマックスのジャンプじゃない……！）

影山はいつもの日向の最高打点に合わせたのだ。いつもの変人速攻の。

変人速攻は針の穴を通すような角度のトスを、影山が日向のタイミングに合わせることで成り立っている。わずかなズレが致命的なズレとなってしまうのだ。

日向はそんな影山の動揺などおかまいなしに、「もう一回！」とトスを要求する。

しかし、結果は何度やっても同じだった。床《ゆか》にはたくさんのボールが散らばっている。

「……もう一回！」

　ゼェゼェと肩で息をしながら、まだあきらめようとしない日向。影山はそれまで黙ってトスを上げ続けていたが、トスを上げるたびに募《つの》っていった苛立《いらだ》ちが爆発した。

「……このできるかわかんねえ攻撃を繰り返すより、今までの攻撃とかサーブとかブロックとか、他にやること山ほどあんだろうが！」

　変人速攻は日向にとっては唯一《ゆいいつ》の武器。それがなければ日向は並みの選手以下だ。ならばそれを活《い》かしたまま、他のスキルを上げるべきなのだ。

　そんな影山に日向は上がった息のまま続ける。

「……でもおれは……この速攻が通用しなきゃ、……コートにいる意味がなくなる！」

「だからこの速攻にお前の意思は必要ないって言ったんだ!!」

　それでも食い下がる日向に影山は激高《げっこう》した。

　不穏《ふおん》な空気に谷地はハラハラしながら見守ることしかできない。

「……春高の一次予選は来月だ。すぐそこだ。そんとき武器になんのは……完成された速攻と、まったく使えない速攻どっちだよ⁉　あぁ⁉」

　感情のまま日向の胸倉《むなぐら》をつかみあげる影山。谷地は震えだしそうな声を振《ふ》り絞《しぼ》る。

「けっ、ケンカはダメだよ……！　影山くん落ち着いて……！　日向も……！」

だが、そんな谷地の声もふたりには聞こえていない。

(くそっ! 俺の言ってることのほうが正しいハズなのになんで……なんでコイツは喰い下がる!?)

「おれは! 自分で戦える強さが欲しい!!」

影山をまっすぐ見上げてくる日向の目には、迷いがない。自分のなかで、もうとっくに答えを出してしまっている目が影山の理性を弾いた。

なにかを伝えたいように自分の手をつかんできた日向を、影山は両手で力まかせにつかみ、激しく揺さぶる。

「てめぇのワガママでチームのバランスが崩れんだろがぁ!」

そして感情のまま日向を投げ飛ばした。

変化しようとすれば、ここまで築きあげてきたものを一瞬でなくしてしまう可能性だってある。影山だって強くなりたい。勝ち続けていくための力が欲しい。日向の言動は、影山には的《まと》はずれとしか思えなかった。

中学時代、強さを求めたあまりにチームメイトから信頼を失って〝コート上の王様〟と揶揄《やゆ》された影山だからこそ、今のチームの大切さがわかる。

そして、変人速攻は影山の技術に頼るところは大きくても、そのトスを打てるのは日向だけ。あの速攻は、ふたりの武器なのだ。なのに。

「……勝ちに必要なヤツになら誰にだってトスは上げる」

影山は倒れたまま見上げてくる日向に告げた。

「！」

日向はハッとする。その言葉は入部を許可してもらうため練習していた頃、ろくにレシーブもできない日向に影山が吐き捨てた言葉。

『でも、俺は今のお前が勝ちに必要だとは思わない』

「今でも変わりねえからな」

そう言って立ち去ろうとする影山に、日向は顔を歪める。そして。

「〜〜〜〜っ、かげやまあぁぁあぁぁぁぁぁああ!!」

「!?」

日向は影山の腰にタックルするようにつかみかかる。突然の衝撃にバランスを崩した影山だったが、日向を引き離しにかかる。

「くっそが……！　放せ!!」

「トス上げてくれるまで放さない!!」

それしか言葉を知らないように、死にものぐるいで腰にしがみついてくる日向を影山は力まかせに投げ捨てる。

「……！　オラァ!!」

けれど日向もすぐさま起き上がり、影山に食らいつく。

「!!　誰か……！　先輩!!」

谷地はあわてて人を呼びに体育館を飛び出した。

「上げろ!!」

「ふざけんな！」

「あの速攻止められたじゃねーか！　今日も！　青城戦《せいじょう》も！」

「てめぇ、オレのトスが悪かったって言いてぇのか!?」

その言葉に顔を歪め叫んだ影山に、日向は叫び返す。

「ちがう!!　そうじゃない！　完ペキだった、ドンピシャだった！　なのに止められた！　おれが今のままじゃ上にはもう通用しないんだ!!」

「………!!」

日向の悲痛な叫びに、影山はグッと息を呑んだ。そのとき――。

「オイ!!　お前らやめろー!!」

谷地が呼んできた田中が体育館に飛びこんできた。なんとかその場はおさまったが、日

向と影山の距離は空いたままだった。


「まいどー」

翌日、実家の坂ノ《さかの》下《した》商店で店番をしながら、烏養は変人速攻について考えこんでいた。

（……もともと見たことねえ速攻だったのに、それをさらにパワーアップさせるなんて土台ムリな話……。神業的セットアップから繰り出される速攻……それを空中で日向が自分の意思で捌《さば》くことができたら……）

合宿中、日向は自分の調子がいいとき、ジャンプした一瞬の景色がハッキリ見えると訴えていた。

稀《まれ》に、ブロッカーの指位置、さらにはその奥のレシーバーの位置まで瞬時に見えるスパイカーがいるという。

——でも、もし見えていたとしたら。

（いやいやいや、できるかそんなもん！　机上《きじょう》の空論《くうろん》だろ！）

烏養はありえないと首を振る。

けれど、一度気づいてしまった可能性は消すことができない。

（でも、もしも……もしもできたら、あのコンビは〝小さな巨人〟をも超える空中の覇者《はしゃ》となる）

「……どこ行くんですか、コーチ」

「行ってみりゃわかるさ」

のどかな田園風景のなかを烏養の車に乗せられ、日向がやってきた民家の庭先には、バレーボールのネットが張ってあった。そこでひとりのガタイのいい老人が、子供たち相手にトスを上げていた。

「オリャ！　足動かせ足！」

「ナイスレシーブ！」

「もう一丁！」

「退院したばっかで、そんなに暴れて大丈夫《だいじょうぶ》かよ……」

烏養が相変わらずだと呆れたようにその老人に声をかけると、老人は不機嫌そうに振り返った。

「アッ⁉　元気になったから暴れても大丈夫ですよ、が退院の意味だろうが‼」

きょとんとしている日向に、烏養が紹介する。

「……ウチのじいさん」

「えっ……え゙っ⁉」

日向はハッとする。

「じぃ……烏養、監督⁉」

烏養一繋。烏野高校バレー部元監督だ。


「……で、その変人速攻をどうすりゃいいか、お手上げ状態で逃げてきたのか？　えぇ？　コーチィ」

烏養から話を聞いた一繋は、挑発するように孫を見る。「んぐぬ……」と悔しそうに唇を嚙《か》む烏養を一繋はブーンと軽々投げ飛ばす。

「おめーのチームだろーが根性なしかオラァァァ‼」

「コーチィ!?」

烏養の見たことのない姿と一繋の暴挙に、日向はガタガタと震えながら田中から聞いた話を思い出す。

『無名だった烏野を全国に導《みちび》いた名将！「烏野の烏養」って名前がもう有名だった……「凶暴な烏、飼ってる」って……』

凶暴な烏を従えられるということは、さらにその上をいくということ。そう思うと、目の前の一繋が凶暴きわまりない暴君に見えてくる。

「あわぁ……お、お、おおおお、お願いしァァァ～ス！」

怯《おび》えながら思わず本能でファイティングポーズをとる日向に、一繋は「……なにをだ」と突っこんだ。だが日向はそのまま続ける。

「おっ、おれは、自分で戦えるようになりたくて来ましたァァア！」

真剣な日向に、一繋は少し茶化《ちゃか》すようにニヤリと笑って言う。

「……その身長で、空中戦を制したいと？」

「この身長だからですっ！」

「………！」

きっぱりと言いきった日向に、一繋のなかで一瞬〝小さな巨人〟が重なった。

その頃、影山はひとり、市民体育館に来ていた。たまたま見た『プロが教えるバレー教室』のチラシに引っかかり、藁《わら》にでも縋《すが》る思いでふらふらとやってきたのだ。

そんな影山の前にバレー教室を終えた子供がやってくる。

「帰ってれんしゅうしよ！」

「楽しかったねー」

友達と話していて前を見ていなかった子供が影山にぶつかり、顔を上げる。すると鋭《するど》い目で威圧してくるようににらまれ、子供は恐怖のあまり涙を零《こぼ》した。

「！　……悪い……」

影山はべつににらんでいたわけではなく、ただ昨日《きのう》からのモヤモヤもあり人相が悪くなってしまっていただけだった。謝ったが、子供の涙は急には止まらない。

「びえええ〜」

「あ〜泣かした〜」

「しっ！　やめなさい！」

通り過ぎる親子も不機嫌そうな影山には近寄らない。泣き続ける子供をどうしていいかわからず見つめながら、影山は心のなかで後悔する。

(俺は……ここに来てどうするつもりだったんだ……。つーかもう、終わってんじゃねーか……)

そんなとき、入り口からどこかで聞いた声が耳に入ってきた。

「徹《とおる》！　サーブ教えてくれよ！」

「ちょっ⁉　まず呼び捨てやめようか」

「⁉」

振り向いた影山が思わず固まる。

「オッ……及川《おいかわ》さん‼」

やってきたのは小学生くらいの子供と一緒の及川徹だった。影山にとって同じ中学のバレー部の先輩であり、お手本にしてきた選手。だが、今はリベンジの相手だ。

及川も影山に気づくと、じっと見据えてくる。

「及川さん、なにしてるんスか……」

「甥《おい》っ子のつき添い」

ブスッとした態度で答える及川の横で子供が元気よく影山に向かって手を上げる。

「オス！」

「オ、オス……。部活は？」

勢いで思わず答えながら、影山は及川に尋《たず》ねる。

「ウチは基本、月曜オフなの」

「しゅ、週一で休みが⁉　もったいない」

「休息とサボリは違うんだよ。じゃ！」

そう言って通り過ぎていく及川を、影山はハッとして呼び止めた。

「！　……おっ、及川さん、あの」

だが間髪《かんはつ》入《い》れず、

「イヤだね！　バーカバーカ！　アッカンベーだ！」

じっと呆れたように見上げる甥っ子の横で、影山に向かいアッカンベーをしてくる及川。

だが影山はそんな及川にバッと頭を下げた。同じセッターとして相談するにはこれ以上いない相手だ。

「お願いします、話を聞いてください」

「な〜んでわざわざ敵の話、聞いてやんなきゃいけないのさ」

影山の行動に一瞬驚いた及川だったが、そのまま歩きだす。しかし影山はあきらめなかった。疾風《しっぷう》のごとく及川の前に回りこみ、勢いのまま頭を下げる。

「お願いしゃーす！」

「わぁ～～!!」

あまりの速さに驚く及川だったが、バカのひとつ覚えのように頭を下げ続ける、不器用《ぶきよう》で、ある意味素直《すなお》な後輩の姿に顔をしかめた。

「猛《たける》」

「なに？」

「写真撮《と》って……こう持って……ここ押して」

「………？」

頭を下げ続ける影山が、なにをやっているのかとそっと顔を上げようとすると、及川から声がかけられる。

「飛雄、動くな」

カシャ。

「イエーイ！　飛雄、及川さんに頭が上がらないの図！」

及川のスマホ画面に映《うつ》るのは、頭を下げている影山の前で振り返りざまピースサインを決めている及川の図。

シャッターを押した甥っ子はその写真を見ながら、素直な感想を口にした。

「徹、こんな写真が欲しいのか？　ダッセ～！」

「はっ……う、うぐう⁉　で……なに？　俺、忙しいんだよね」

カッコつけて髪をかき上げた及川に、すかさず素直な甥っ子が言い放つ。

「カノジョにフラれたから暇《ひま》だってゆったじゃん！」

「猛！　ちょっと黙ってなさい！」

「え～、来るとき、なにがいけなかったんだろって……」

「黙ってなさいって言ってんの！」

「…………」

戸《と》惑《まど》いながらも顔を上げた影山は、どうやら話を聞いてくれるらしい及川に口を開く。

「……あ～、あの、もし大会近いのに、え～と……岩泉《いわいずみ》さんがムチャな攻撃をやるって言いだしたら――」

難《むずか》しい顔をして考えこみながら話す影山に、及川は呆れたように言い放つ。

「ちょっと、なにか相談したいなら、ヘタクソなたとえ話やめて直球で来なよ」

「！」

「……今までボールを見ずに打っていた速攻を、日向が自分の意思で打ちたいって言いだしました」

「へ〜できたらすごいじゃん。やれば？」

「そんな簡単に言わないでください！　日向には技術なんてないんですよ！」

食い下がる影山に、及川は皮肉で蔑《さげす》むような冷笑を浮かべた。

「だから『俺の言うとおりにだけ動いてろ』っての？　まるで独裁者だね」

「……！」

その言葉に、影山はギクリと顔をこわばらせる。

「お前は考えたの？　チビちゃんが欲しいトスに、100パーセント応《こた》えているか……応える努力をしたのか……」

『影山……トス上げてくれよ……』

昨日、そう言った日向が蘇《よみがえ》る。

トスは上げた。けれどそれは、日向自身が求めているトスではない。

変化を求める日向を、あきらめさせるためのトスだったのかもしれない。

なにも言い返せない影山に、及川はスッと指を指し、底冷えするような目で見据えた。

「勘違《かんちが》いするな。攻撃の主導権を握《にぎ》ってるのは、お前じゃなくチビちゃんだ」

「お前自身はその変人速攻ってやつを、どう考えてるんだ？」

「えっと……おれがギュンッて行って、バンッって思いきり跳《と》んだらそこにズバーッてトス来るから、ブンッて振るとちょうど手に当たってスパーンって決まる感じです」

一繋に訊《き》かれ、身振り手振りで答える日向に、それじゃわからないだろうと烏養がフォローを入れる。

「いや……つまり、こいつが目をつぶって跳んだところに影山ってセッターがピンポイントでトスをくれるんで――」

「まぁ、言いたいことはわかった。しかし間違ってるぞチビ助」

烏養の言葉を遮《さえぎ》り、一繋が目を見開く。

「その変人速攻ってやつも『速攻』である限り、主導権はお前が握っている。まぁやってみるのが早《はえ》ぇな。チビ助、ちょっとブロックしてみろ」

そしてネットをくぐり、バレーを教えている近所の子供たちを前に日向へ振り返った。

「ミドルブロッカーなんだろ？　止めてみな」

子供のひとりがネット前にいる一繋に向かってボールを放る。

「ファースト・テンポ！」

一繋が構えながらそう言うと、他の子供たちがいっせいにダッと駆《か》けだした。そしてそのなかのひとりが一繋のトスから素早《すばや》くスパイクを打つ。その速さに日向はブロックすることができなかった。

「！」

鮮《あざ》やかな速攻に、日向は目を輝かせる。

「どうだ？」

「速い！」

一繋に訊かれ、日向は嬉《うれ》しそうに答える。

「ブロックできるか？」

「少なくとも、ひとりじゃムリ！　……と思います！」

「いいか、攻撃の『はやさ』はすべてこのテンポで区分される。それの最も早いのが『ファースト・テンポ』。敵ブロックの回避に最も有効な技術で、おそらくお前が無意識にやっていた攻撃だ」

セッターのトスより先に助走を開始。セッターはスパイカーに合わせてトスを上げる。

「つまり、変人速攻もスパイカー主導の攻撃だ」

「……ファースト…テンポ……」

日向は新鮮な響きを胸に刻《きざ》む。

変人速攻は影山が日向のテンポに合わせてトスを上げる。そのせいで、どこか無意識に影山に主導権があると思いこんでいたのかもしれない。

「で……だ。『変人速攻』がどんな必殺技だか知らねえが、これだけは絶対だ」

一繋が難しい顔で考えこんでいる烏養に向き直る。

「『スパイカーが打ちやすい』以上に最高のトスはねぇんだよ」

「…………」

その言葉に、烏養はゆっくりと目を見開いた。そしてポツリと呟く。

「……片方じゃダメだ」

「え？」

「ちょっと日向ここで練習してろっ！」

きょとんとする日向にそう叫んだかと思うと、烏養はあわてて駆《か》けだした。

そんな烏養に子供のひとりが呟く。

「なんか変な人～」

子供の感想はいつでも素直だ。


坂ノ下商店のなかのテーブルで、小さなホワイトボードを前に烏養と影山は向きあっていた。

「……テンポ……ですか」

そう言う影山に、烏養は自《みずか》らを落ち着かせるように煙草《たばこ》の煙を深く吐き出す。

「まぁ、オレも理論として頭に入ってるだけで、全然応用できてなかった」

「『テンポ』はだいたいわかったんですけど、止まるトスってなんですか？」

烏養が一繋の言葉にひらめいたのは、『止まるトス』。

「いいか……まず、お前の変人速攻のときのトスはスパイカーの打点を通過するトスだ」

烏養はホワイトボードにくっついている丸い磁石をボールに見立て、変人速攻のトスの軌道をペンで書きこむ。変人速攻の時のトスは、日向の手の前をまっすぐに通り過ぎていくものだ。

「……ハイ……」

「でも、そこを止めるんだよ！　打点のところで！」

「……？」

興奮ぎみに身を乗り出す烏養に、首をひねる影山。それを見て烏養はボードに弓なりの軌道を描く。

「あーっと、つまり……『スパイカーの最高打点イコール、ボールの最高到達点』、にするんだ」

「………」

日向のスパイクと、トスの最高到達点を合わせる。

日向の前で、ボールが止まるその一瞬。

影山は、そのイメージに目を見開く。

その一瞬で、日向に選択肢《せんたくし》が生まれる。

「今までみたいに、勢いそのまま通り過ぎるんじゃなく、スパイカーの打点付近で、勢いを――」

「殺す？」

バレーに関しては、呑みこみの早い影山に烏養はニッと笑った。

「力かげんと逆回転のかけ方のむずかしさは、今までの比じゃねえ。それにBクイック、

Dクイック、ブロード……距離が離れるだけ、難易度は格段に上がっていく……できるか……？」

それには変人速攻のトスを凌駕《りょうが》する神業のような技術がいる。

影山は一瞬、考えた。及川に言われた言葉が蘇る。

『チビちゃんが欲しいトスに、１００パーセント応えているか。応える努力をしたのか……』

けれど、迷いはなかった。

「やってみせます」

そう言ってすぐさま立ち上がる影山を、烏養は頼もしそうに見上げた。


「結《ゆい》〜、澤村くん来てるよ〜」

「⁉」

お昼休み、雑誌を見ながらジュース片手に焼きそばパンをほおばっていた道宮《みちみや》結は、その名前にドキッとし、思わずジュースのパックを握り、液体を飛ばす。あわてて跳ねるように飛び出し、廊下で待っている澤村に上気した頬で尋ねた。

「なっ……なに？」

前髪をそっと直したりするが、頬に焼きそばの食べかすがついていることには、残念ながら気づいていない。

そんな道宮を前に、澤村はちょっと申し訳なさそうに苦笑しながら言った。

「あのさ……女子の練習終わってから、体育館閉《し》めるまでの少しでいいんだけど、コート使わせてもらえないかと思ってさ」

道宮は烏野女子バレー部の主将で、澤村とは同じ中学だ。

「あっ、うん。ちょっと訊いてみるよ！　第二体育館、どうかしたの？」

「いや、ちょっとさ……。まったく別の自主練をやりたいやつが多くて、場所が足りないんだよね……」


練習終わり、体育館に残った東峰が打ったジャンプサーブは、ネットに引っかかり床に落ちた。

「くっそ……」

東峰は思わず吐き捨てる。

東京遠征で見た、生川高校の強羅のジャンプサーブがどうしても引っかかっていた。

(……今の烏野で安定してジャンプサーブが使えるのは影山くらい。俺は勝負時に使えるほど安定しない。でもそんなんじゃ武器とは言えない！)

決まるサーブは直接得点に繋がる大きな武器だ。それを手に入れられたなら。

東峰は集中し、渾身の力でジャンプサーブを打つ。ボールは勢いよくネットを超え、向こう側のコートの端ギリギリへと落ちる——かと思われたそのとき。

「旭さーん!!」

シュバッと現れた西谷が、小気味《こきみ》よく東峰のサーブをレシーブした。

「ホァッ!?」

「ちょっといいっスか？」

無邪気《むじゃき》な笑顔で西谷に言われ、東峰は苦笑するしかない。

「あ、うん、いいよ～」

(登場ついでにサラッと拾われたチクショウ)

西谷は自他ともに烏野バレー部の守護神と評されるほどのリベロだ。しかたないとはいえ内心悔しい東峰に、西谷は自信満々の笑顔で告げた。

「オレのトス！　打ってもらっていいっスか！」

「うん、いいよ——ん!?　……って、あ、え!?　西谷がトス!?」

東峰は自分の耳を疑う。リベロは守備専門のポジションだ。攻撃はできないが、セッターがレシーブしたときなど、代わりにトスを上げることはできる。ただ西谷がトスを上げたことは今までなかった。

（もしかして……青城のリベロのあれを……？）

東峰は以前の青城との試合を思い出す。青城のリベロである渡親治《わたりしんじ》がトスを上げることでより攻撃の幅が広がり、烏野は苦戦したのだ。

「旭さんのサーブ練習も手伝いますから」

今でも十分完璧に思える西谷でさえ進化しようとしていることに、東峰はくっと表情を引き締めた。

（置いていかれるわけにはいかないな……）

そして別の場所でも。

「おー、これだこれだ」

別の体育館の床に置かれた烏養のタブレット画面に映っているのは、有名な動画サイト。それを澤村、菅原、田中、縁下力《えんのしたちから》がのぞきこんでいる。菅原が言った。

「……これって、ブラジルの攻撃の動画？」

画面に表示されているのは、ブラジルチームの試合動画だ。そのなかのひとつを烏養がタッチして再生する。

「おっ」

「いっせいに動きだした！」

動画のなかの選手の動きに、田中と菅原が声をあげる。澤村もじっと見つめながら口を開いた。

「確かに、森然の攻撃がこんなだったな……」

「え〜っと？」

「同時多発位置差攻撃《シンクロ》……」

東京遠征は、それぞれの心に確実になにかを芽生《めば》えさせていた。貪欲《どんよく》に進化の兆《きざ》しをつかみ取ろうとしている。

そしてそこから少し離れたネット前で、谷地が放ったボールで影山がトスを上げる。影山の前と後ろの床には空《から》のペットボトルが置かれていた。

そのペットボトルの上にボールが落ちれば、日向がスパイクを打つだろうポジションが、トスの最高到達点となるはず。

後ろのペットボトルに向かったボールが減速し、落ちる。だがペットボトルからは外れ転がった。

「チィッ！」

自分の想像どおりにいかないことに、キレやすい影山は思わず舌打ちする。ビクッとする谷地。

「………！」

だが影山は自分を落ち着かせるように大きく息を吐いた。なにかをつかむためには、一《いっ》足飛《そくと》びではいかない。

「……次頼む」

「ハイッス！」

黙々と練習を重ねていく影山に、谷地も力強く応えた。

「オラいくぞチビ助！」

「お願いシャス！」

汗を拭《ぬぐ》う日向に一繋が喝《かつ》を入れる。

日向はあれからずっと一繋の元で、ひたすら練習を続けていた。一繋が課題として出したのは、誰とでもファースト・テンポで速攻を打てること。そしてボールへの〝慣れ〟だった。

バレーはボールを持てない競技。ボールに触れられるのは、一瞬でしかない。体格の不利を、他のすべてで補うのだ。

練習につきあってくれている、ママさんバレーをやっている梅沢《うめざわ》が、トスを上げる。走りこんでジャンプした日向だったが、手の先が辛《かろ》うじてボールに当たっただけだった。一繋が声を荒らげる。

「全力で飛ぶことに意識を向けろ！」

それから何度もチャレンジして、し続けて、トスを上げてくれる人も変わった頃。

バシッ！

日向のスパイクが決まった。勢いでガサガサと茂みの奥に消えていくボールを見て、日向が目を耀《かがや》かせて一繋を振り返る。

「できるじゃねーか！　いつでも誰がセッターでも自分の意思でボールを捌《さば》けるようになるんだ！」

「ウス！」

よくやったというようにニヤリと微笑《ほほえ》みながら言う一繋に、日向は力強く頷いた。

日向たちだけでなく、山口もジャンプフローターサーブを教えてもらった烏野バレー部ＯＢの嶋田《しまだ》誠《まこと》のもとに練習後に通った。

ひとり、冷《さ》めた様子で練習をしていた月島も、夏休みの東京遠征でそんな山口に檄《げき》を飛ばされ、〝熱さ〟に目覚めはじめた。

そして徐々に。

気づき、つかみ、磨《みが》きあげた歯車が嚙みあっていく――。

「お前ら明日から試合だろ。いいかげんにしとけよー」

「もう一本！　もう一本だけ！」

「ラスト一本できりあげます！」

頼みこむ日向と影山に、一繋はうんざり顔だ。バレー部の練習後にやってくるようになってずいぶん経《た》つのに、ふたりのやる気はまだまだ尽《つ》きない。

その熱意に押され、一繋はしぶしぶ「……一本だけだぞ」と承諾《しょうだく》した。

「あれ、あの大きい子、初めて見るね」

一繋のところで練習している女子大生のバレー部のひとりが、先に来ていたチームメイトに話しかける。

「今日はどうしても練習し足りないから、うちらが始めるまでコート貸してくださいってサ、翔ちゃんトコのセッターだって」

日向はすっかり顔なじみだ。

練習につきあっている子供が、「いくよー」と影山にボールを上げる。

「私さっきから来て見てたんだけど、失敗ばっかりで……」

そう女子大生が言った直後、日向が飛び、影山がトスをし――。

その瞬間、一繋の目の前に進化した烏が現れた。

新生・烏野

春高《はるこう》の宮城《みやぎ》県代表決定戦の一次予選が開幕した。

烏野《からすの》高校は初戦で扇南《おうぎみなみ》高校に勝利、第二試合、身長2メートルの百沢雄大《ひゃくざわゆうだい》を擁《よう》する角《かく》川《がわ》学園高校に勝利し、無事第一次予選を突破。

そして10月の代表決定戦へ駒を進めた。決定戦はインターハイ予選ベスト8と、春高一次予選を勝ち抜いた8チーム、合わせて16チームでたったひとつの代表枠を争う。

烏野は第三試合、〝遊び〟をモットーにしている条善寺《じょうぜんじ》高校に勝利、続けて準々決勝、和久谷南《わくたにみなみ》高校。澤村《さわむら》のケガなどトラブルがあったが縁下《えんのした》の活躍もあり、なんとか勝利をおさめた。

そして伊達《だて》工業高校に勝利し、駒《こま》を進めてきたのは青葉城西《あおばじょうさい》高校。

準決勝、烏野高校対青葉城西高校。

烏野にとって待ち望んだリベンジだ。

そして、運命の日はやってきた。

「ウオー、キター！　仙台《せんだい》市体育館再び！」

「絶対リベンジ」

決戦の場を見る烏たちの顔は、どれも静かに燃えている。

「な……なんだか皆さん、ピリピリしてます？」

試合前、サブアリーナで待機している選手たちのやや強張《こわば》ったような顔に、谷地《やち》は戸惑《とまど》う。潔子《きよこ》もそんな選手たちが醸《かも》し出《だ》す空気を感じていた。

「前回……青葉城西には全力出しきって、それでも負けたから……」

敗北した相手と戦う。それは初めて戦う相手より、何倍もの覚悟がいる。

「……影山《かげやま》くんもまさかのビビリタイムですか？」

ひとり静かにやすりで爪を研《と》いでいる影山を、日向《ひなた》が茶化《ちゃか》しにくる。影山が顔を上げると、またいつものようにドヤされると身構える日向だったが、影山は「……ああ」と答えて、また静かに爪を磨《みが》く。

「？」

いつもと違う様子《ようす》にきょとんとする日向に、影山は答える。

「及川《おいかわ》さんは強《つえ》えからな」

「お前、本当大王様苦手《にがて》なー。まぁおれもだけど。戦うの楽しみにしてたじゃねえか」

一繋《いっけい》からの助言で、ボールに慣れるために、あれから可能なときは常《つね》にボールに触れている日向は、ボールを指に乗せて回す。こともなげに言ってくる日向に、影山は「ビビるモンはビビるんだよ」とグチるように呟《つぶや》いてから、爪を磨きながら続ける。

「……〝六人で強いほうが強い〟」

「あん？」

「昔……岩泉《いわいずみ》さんが及川さんに言ったのを聞いた」

『六人で強いほうが強いんだろうが、ボケが！』

それは、北川第一《きたがわだいいち》中学時代のこと。及川にトスのことを聞いたあと、結局教えてもらえなくて帰ろうとしていたときに、耳に入ってきた言葉だった。

「あのときは『なにを当然のことを言ってんだ？』って思った。強いメンバーが六人そろってりゃ強いに決まってんのにって。でも今になってわかる。岩泉さんが言ったのは、メンバーの力を〝足し算〟じゃなく、いかに〝かけ算〟できるかってことだったんだ。どんなチームに入っても、及川さんは俺よりスパイカーの力を引き出す……」

夏休み終了から数日たった頃、影山はひとり、及川のいる青城《せいじょう》へこっそり偵察《ていさつ》に乗りこんだ。

そこで見たのは、大学生に交《ま》じり練習試合をする及川。たった数プレーでチームに溶《と》けこみ、チームの力を引き出していた。

一生敵《かな》わないかもしれないと思うほどの相手。そんな相手との試合前に、平常心でいられるはずもない。

だが日向は、張り詰めている影山に軽く言い放った。

「ふ～ん、そうなの？　そうだとしても……烏野以外は、だな！」

「………！」

思わず言葉に詰まり、影山は顔をしかめる。単純な日向に、簡単に胸のつかえをとられてしまったのが癪《しゃく》だったのだ。

「よーし、みんないるな？　そろそろ時間だ」

時計を確認し、澤村が声をかける。頬《ほお》には和久南《わくなん》との試合でのケガのあとが残っているが、いつも以上に頼もしい主将《キャプテン》の姿だ。

「よし、いくぞ‼」

そんな澤村を先頭に、烏たちがコートへとやってくる。

「声出していけよ～！」

「アース！」

「よっしゃー!!」

「アーッス！」

「オー！」


　アップ中、澤村の喝《かつ》に気合を込めて応《こた》える烏野を見て、及川が油断《ゆだん》ならないというように顔をしかめた。

「……う～ん……烏野、雰囲気が違うねぇ……」

「スンマセーン！」

「おっ」

　及川は足元に転《ころ》がってきたボールを拾《ひろ》おうと手を伸ばす。だが、そこにもう一本伸びてくる手があった。

「！」

影山だった。ひとつのボールを挟んで、影山はムッとした顔を隠しもせず、及川は薄ら寒い笑《え》みを浮かべる。お互いがお互いを認めた瞬間、意地とプライドがぶつかりあう。バッとボールを奪いあうふたり。

「これはこれは……前回、俺にこてんぱんにやられた飛雄《とびお》ちゃんじゃないですかっ」

「今回は勝ちに来ましたっ」

影山が力の限りボールを引っ張る。

「お前は前回完膚《かんぷ》なきまでに凹《へこ》ましたからな！　今回もどいてもらうぜっ飛雄!!」

及川も負けじと引っ張るが、突然バッと両手を離す。渾身《こんしん》の力で引っ張っていた影山は、そのまま反動でドデーンとぶざまに転がった。

「わははははは思い知ったか！　わはははは！」

ご機嫌《きげん》に笑い続ける及川を見て、チームメイトの花巻貴大《はなまきたかひろ》がしみじみと言う。

「こいつ、これで高3かぁ……」

「あいつ、手玉に取られんの早すぎだろ！」

そんな影山たちの様子を見ていた菅原が、影山のあまりの転がされっぷりに青ざめ、心配そうに呟く横で、

「ブヒュッ！」

と、日向は耐えきれず吹き出した。

一方コートの端《はし》から、青城の2年、矢《や》巾《はば》秀《しげる》が烏野に真剣な眼差《まなざ》しを送っていた。

「なあ、おい」

「ハイ?」

近くでカゴからボールをとっていた1年の金田《きんだ》一勇太《いちゆうた》郎《ろう》が、矢巾に話しかけられ振り返る。

「烏野に女の子増えてる……カワイイ系……」

矢巾の視線の先にいたのは、飛んできたボールをキャッチし山口《やまぐち》に渡す谷地《やち》だ。

「谷地さんゴメン!!」

「はい」

青城にも女子マネージャーがいない。女子マネージャーがいるバレー部は、いないバレー部から恨《うら》みを買う運命だ。

「そっすね……この悔《くや》しさはなんでしょうか」

「…………」

敵意むき出しの金田一の隣で、なにやら考えていた矢巾が「よっしゃ」と思いついたように、目の先で小走りしている谷地に向かい軽くボールを放る。近づくきっかけを作ろうというのだ。

「…………」

冷たい目で見降ろしている後輩などかまいもせず、矢巾は軽く片手を上げながら人相が変わるほどのわざとらしい爽《さわ》やかさで谷地にむかっていく。

「すみませ～ん、とって……ください」

爽《さわ》やかスマイルでキラリと歯を光らせたそのとき、花巻が練習でレシーブを失敗し、ボールが谷地へと飛んできた。花巻が叫ぶ。

「あぶない!!」

「ムッ」

矢巾が驚く谷地を助けようと颯爽《さっそう》と飛び出すが——。

バチーン!!

艶《あで》やかな黒髪をなびかせた潔子《きよこ》が、毅然《きぜん》とボールを弾《はじ》き返《かえ》し谷地を守った。矢巾が声をかける隙《すき》など一ミリもない。

（おつよい……！）

矢巾も、後ろで見ていた金田一も思わず心のなかで呆然《ぼうぜん》と呟く。矢巾の思惑《おもわく》に気づいた田《た》中《なか》が、ウチのマネージャーにちょっかいかけようなんていい度胸《どきょう》だと言わんばかりに、「ほらよ」と嫌味《いやみ》たっぷりにボールを押しつけた。

「……どうも」

矢巾は力なくそう返し、青城コートに戻る。

「くっそ、ダメだった。烏野ガードかてぇ……」

思惑が外《はず》れ、グチる矢巾に金田一が呆《あき》れる。

「矢巾さんって……ほんとチャラいっすね」

「……オラッ!!　さっさとウォームアップやるぞ!!」

後輩に呆れられ、ムッとしつつもごまかすように矢巾が声をあげる。そしてコートに戻ろうとした矢先、前からやってきた選手にぶつかり倒れた。

思わず見上げる先にいたのは、サイドに黒のラインが二本入っている金髪坊主。鋭く無遠慮な目で黙って矢巾を見下ろす。

「…………」

呆気《あっけ》にとられ見上げるだけの矢巾に、なにも言わず金髪坊主は去っていく。

「だ、大丈夫ですか!?」

金田一が駆け寄る。矢巾はそこでやっと我に返ったように、ぶつかった相手の後ろ姿をにらんだ。

「…………」

日向もその選手に気づき、隣でレシーブしていた影山に声をかける。

「影山」

「あ？」

「青城にあんなヤツいたっけ……？」

「さあ……？」

16の背番号を背負った金髪坊主。異様な存在感を放つその選手は、それまで青城との試合で見かけたことはなかった。


「キャプテン」

主審の前で両校の主将である澤村と及川が握手をする。

「お願いしまーす」

「お願いします」

握手を終え、及川はじっと目の前の澤村を見つめた。そして素直《すなお》な感想を口にする。

「……な~んか澤村くん、貫禄《かんろく》ついたんじゃない」

及川に言われ、澤村はサッと表情をなくした。その脳裏《のうり》に蘇《よみがえ》るのは。

『またペナルティー⁉　好きなのかな⁉』

好敵手《こうてきしゅ》でもある因縁《いんねん》のチームの主将、黒尾《くろお》。一筋縄《ひとすじなわ》ではいかないシニカルな笑みを浮かべながら見下ろしてくる。

『ヘイヘイヘーイ休憩中？　じゃあ練習しようぜ！』

隙《すき》あらば練習に誘ってくる練習オバケ、木兎《ぼくと》。休憩の意味を知らないようだ。

二度の東京合宿で得たものは、バレーの進化だけではない。清濁併《せいだくあわ》せ呑《の》む、悪友とも呼べる人間関係を澤村たちは得た。

「……この四か月……けっこうな曲者《くせもの》たちに、もまれてきたんでね……」

大事な試合前だというのに、思い出しただけで疲れたような顔の澤村に、及川はさらっと告げた。

「よくわかんないけどお疲れ」

「裏が青葉城西、表が烏野です」

主審が投げたコインは、くるくると回り表側に落ちた。

「先、レシーブで」

澤村が自信を持ってそう言えば、及川も挑戦的な笑みで応じる。

「じゃあサーブで」

そしていよいよ運命の試合が始まる。

烏野側のスタンドには烏野バレー部ＯＢである電器店の滝ノ《たきの》上祐輔《うえゆうすけ》と、嶋田《しまだ》マートの嶋田、そして冴子《さえこ》が応援にやってきていた。ベンチにマネージャーはひとりしか入れないので、谷地も一緒に観《み》ている。


「整列ー！」

両校の選手が決戦のコートで並び向かいあう。

「おねがいしゃース!!」

スターティングオーダーは、烏野、1年ＭＢ《ミドルブロッカー》の日向、1年Ｓ《セッター》の影山、1年ＭＢの月《つき》島《しま》、2年ＷＳ《ウイングスパイカー》の田中《たなか》、3年ＷＳの東峰《あずまね》、3年ＷＳの澤村、2年Ｌｉ《リベロ》の西谷《にしのや》。

青葉城西、1年MBの金田一、1年WSの国見《くにみ》英《あきら》、3年WSの花巻、3年MBの松川一《まつかわいっ》静《せい》、3年WSの岩泉一《いわいずみはじめ》、3年Sの及川、2年Liの渡《わたり》。

「オーオーオー青城ー!」

「青城ー!」

応援団の声援のなか、青城ベンチで監督の入畑伸照《いりはたのぶてる》が集まった選手たちを前に落ち着いた声で檄《げき》を飛ばす。

「このチームで烏野と戦うのはこれが三度目だ。だが落ち着いて戦えばおのずと勝利は見えてくる。せいいっぱい戦ってきなさい」

「オオッス!!」

次に及川が前に出て、選手たちと向かいあう。

「……言いたかないけど烏野は強敵だ」

目を閉じ、ムスッと気にくわない様子でそう言ったかと思うと、目を開いたその顔はもう不敵な笑みを浮かべている。そこに子供のように影山と張りあっていた及川はいない。

「油断《ゆだん》すれば喰《く》われる。最初っからブッちぎっていこう」

「オオッ」

「っしゃあ!」

ふだんどおり、手をぶらつかせながらコートに入っていく及川。

「よーし、そんじゃ今日も信じ――」

「信じてるぞ、キャプテン」

「！」

仲間を振り返った及川は、岩泉たちにいつもの続きの言葉を奪われ面食らう。

だがやがてその信頼に、頬を緩《ゆる》めた。

「フ……フフ……な～んか照れ――」

しかしそんな及川に、コートへと向かう岩泉がすれ違いざま、肩に手を置き、真剣な声色で言った。

「初《しょ》っ端《ぱな》のお前のサーブを信じてる。ミスったらラーメンおごりで」

笑顔のまま固まる及川に、花巻と松川も続く。

「俺チャーシュー大盛り」

「俺はギョーザ追加で。入れるだけサーブもだめな！」

固まっている及川の顔がピクピクと引きつる。

「ホラ、１、２年も頼んどけ！」

「マジっすか!!」

花巻の言葉に、後輩たちも色めき立った。

「…………」

しめしめと笑う岩泉たちを後ろに、及川はやれやれと言わんばかりに黙ってそれを受け入れた。まっすぐで爽《さわ》やかな言葉より、気の置けない仲間の、天邪鬼《あまのじゃく》な信頼のほうがより自分たちらしい。

「いっけーいけいけいけいけ青城ー！」

「押っせー押せ押せ押せ押せ青城ー！」

青城の応援団の声援が響くなか、烏野コートは〝大砲〟に備《そな》え、サーブの瞬間を待っている。

試合の流れを決める最初の一本を放つのは、及川。金田一が声をかける。

「及川さん、ナイッサー」

ボールをバウンドさせてから、いつものように相手コートを見据《みす》える及川。その目はどこまでも冷静だ。だが、静かな緊張のなか、集中する及川にコートから岩泉と花巻が声をかける。

「ショウユーゥ！」

「トンコォーツ!!」

そしてベンチから松川も。

「坦々《たんたん》めェーん！」

ふざけているのかなんなのか、呆れる後輩たち。

「決めてほしいの⁉　ミスってほしいの⁉」

容赦ないプレッシャーにショックを受け叫ぶ及川に、ピッとサーブ許可の笛が鳴る。

その合図に、コートに緊張が増す。

花巻は後ろの及川の気配を感じながら、口を開いた。

「……残念ながらお前は……」

及川がサッと高くボールを放る。サーブに備え、さらに腰を落とす澤村、期待に高揚する西谷たちの向こうで及川が走りこみ、ふりかぶってジャンプする。

「決めるに決まってる」

揺るぎない信頼のこもった花巻の言葉とともに、及川の強烈なサーブが烏野コートに打ちこまれる。何度見ても強烈な威力を持ったサーブはまさに〝大砲〟。前衛の日向がビビる斜め後方、ラインぎりぎりへ向かうボール。反応したのは澤村だった。

バンッ!!

澤村は体勢を崩《くず》しながらも、なんとかレシーブでボールを上げた。

瞬間、澤村と及川はお互いを強く意識した。相変わらずの強打と、相変わらずの粘《ねば》り。

「うぉっ一発目から上げたー!!」

「よっしゃ!」

滝ノ上と冴子が思わず声をあげる隣で、谷地があまりの迫力に青ざめ震えた。

「ひ〜! 触《さわ》ったら腕もげそう……」

ボールの行方《ゆくえ》を見て、嶋田が身を乗り出す。

「いや、でも、ネット越える!!」

「叩《たた》かれんぞ!」

高く上がったボールがそのまま青城コートへと戻っていく。

「ふっ!!」

待ちかまえていた金田一が落ちてきたボールをダイレクトに烏野コートへ叩き落とす。

一歩出遅れた日向のブロックも間にあわず、そのままコートに落ちるかと思ったが、

「ふっ!!」

咄嗟《とっさ》に腕を伸ばした影山がなんとか左手でレシーブして上げる。澤村が叫ぶ。

「影山ナイス!」

思わず舌打ちする金田一だったが——。

（でも影山がファーストタッチ!!　速攻《そっこう》はない）

速攻がないということは攻撃は単調になる。その隙《すき》を狙《ねら》えば。

上がったボールを見上げながら金田一がそう思った直後、アタックラインに踏みこむ足があった。軽やかなジャンプとともにボールに向かったのは西谷。

「!!」

西谷の両手はボールへと上げられている。まぎれもないトスの姿勢。

予想もしていなかった速攻に驚く金田一と渡の前で、日向、影山、田中たちがいっせいにスパイクへと向かう。西谷が空中でトスを上げた。

呆気にとられ動けない青城チームの前で、コートの後ろから踏みこみジャンプしたのは烏野のエース東峰。

バァン!!

東峰のバックアタックが、青城コートに叩きこまれた。

「クァー!」

悔しそうな及川。

「よっしゃー!!」

ベンチで菅原たちが先制点に飛び上がって喜ぶなか、棒立ちの月島も月島なりに、「ナイスキー」と声をあげた。

「っ？」

東峰と西谷はあまりの決まりっぷりに興奮でふたり向かいあいながら、わたわたとしている。菅原がツッこんだ。

「決めたヤツらが一番びっくりしてる！」

烏野1ポイント、青城0ポイント。

ベンチで興奮に震える武田《たけだ》の横で、烏養《うかい》が気合十分の選手たちを見据えて意気ごむ。

「さあ、いくぜ！　新生烏野！」


「影山ナイッサー！」

「一本！」

縁下と山口の声を受けながら、影山がジャンプサーブを打つ。狙うはサイドラインギリギリ。ライン際《ぎわ》で待ち受ける及川が花巻に声をかける。

「マッキー！」

花巻はレシーブするために手を伸ばしながらも、ギリギリまで耐え、見極めて寸前で手を引いた。インアウトを判断する線審がアウトだと判定する。

「んぐぅっ……」

心底悔しそうに歯を食いしばる影山に、澤村と田中がフォローした。

「ドンマイドンマイ」

「惜しいぞ次、次！」

１点取り返され、次のサーブは岩泉。

「岩泉さんナイッサァ!!」

岩泉の威圧感さえ漂《ただよ》う貫禄《かんろく》に、澤村は顔を引《ひ》き締《し》める。

（コイツのサーブも強烈になってたはず……）

「サッコーイ！」

澤村の斜め後ろで東峰が緊張を打ち消すように叫んだ。岩泉が渾身の力でサーブを打つ。

バァン!!

「くっ！」

東峰は倒れこみながらもレシーブしたが、ボールは伸びてちょうど中央のネットあたりに落ちる。

(くそっ長い！)

「スマン影山！」

影山と国見がボールへと手を伸ばす。岩泉が叫んだ。

「叩け国見！」

だが一瞬早かったのは影山。指先に触れたボールを自陣へと戻す。向かってきたそれに田中が飛んだ。

バシィ！

「おらあああぁ」

スパイクが決まって振り向き叫ぶ田中。悔しそうな国見が「チッ」と小さく舌打ちする。

「サンキュー!!」

「うお〜、アイツよく入ってきたな！」

ファインプレーに東峰が叫び、ベンチでは烏養が興奮して思わず立ち上がっている。そしてスタンドから冴子が弟の雄姿に手放しの称賛《しょうさん》を贈る。

「龍《りゅう》〜!!　よくやったー！　愛してるぜ〜!!　私の弟最高ー！」

「ちょ、ねーちゃん！　やめろって！」

姉に逆らえない弟は、恥ずかしそうにそう言うのが精一杯だった。そんななか、試合開始からいまだ活躍できていない日向が、ひとり悶々《もんもん》とする。

「くっ……！　おれもボール触《さわ》りたい……！」

点を取られればまた取り返す。一進一退の攻防に、試合を見にきていた他校の生徒たちが集まってくる。

「青城と烏野の試合面白《おもしれ》えぞ」

「へ～どれどれ」

谷地と冴子がスタンドから声援を送る。

「ナイスレシーブ!!」

「もういっちょ決めろー!!」

バンッ。影山が上げたAクイックのトスを月島がスパイクする。リベロの渡と交代で入ってきた松川が駆けこみレシーブした。

「ナイス松《ま》っつん！」

トス体勢に入る及川に岩泉が声をかける。

「レフト～」

及川の前でブロックに備える月島が、チラッと岩泉を確認した。だが及川がトスを上げたのは後方にいた花巻。しかし月島が及川の動きから構えていたのは、まさしくその花巻

だった。

　バンッ。

　月島がブロックしたボールが青城コートに突き刺さる。冷静な月島の代わりに、西谷が「よっしゃー!!」とテンション高く叫んだ。

「うがー！　ワリッ!!」

「ゴメン、ちょっと低かった!!」

　花巻も及川も悔しそうに謝る。

　烏野６ポイント、青葉城西５ポイント。

「月島ナイッサー！」

　月島のサーブ。西谷と交代して日向がコートに入る。


「うおお……最初っから互角にやりあってる」

「うん……けどやっぱ……」

　後輩たちの予想以上の奮闘に感激する滝ノ上の横で、嶋田はわずかに顔をしかめた。

「一発、日向に速攻決めてほしいとこだなぁ」

嶋田の視線の先には、ボールに触れないフラストレーションの溜《た》まりまくった顔の日向がいる。

「確かになぁ……」

嶋田の言葉に神妙に同意する滝ノ上に、冴子が「なんで?」と疑問を投げる。滝ノ上は眉《まゆ》をひそめて口を開いた。

「前回の青城戦のラスト、完璧《かんぺき》なタイミングだった日向の速攻が、ドシャット喰《く》らって終わったんだ」

「!!」

忘れようとしても忘れられない、敗北を決定してしまったラストシーン。

影山の完璧なトス。これ以上ないタイミングで打った日向のスパイク。

烏野の持てるすべてを賭《か》けた最強の攻撃。

それを完璧に、完全にブロックされてしまった。

「俺たちもアレは印象に残ってるからな。日向と影山には拭《ぬぐ》いきれない一本なんじゃねえかな」

コートではネット越しに金田一と日向が向かいあっている。あのとき、ドシャットを決めたのは金田一。向かいあえば自然とあのときを思い出す。

バンッ。

月島のサーブを渡がキレイにレシーブする。及川は自分のほうへ落ちてきたボールを岩泉に上げた。

「岩ちゃん！」

「おらあっ！」

日向と影山のブロックの上から、岩泉が強力なスパイクを打つ。だがそれを澤村がレシーブした。

その瞬間、日向が走りだす。

（もう一回！）

そんな日向に、影山に、東峰が心のなかで祈るように呼びかける。澤村と田中も同じように。

（いけ）

（いけ）

菅原と西谷も、あの絶望の瞬間を思い出しながら、それでもその先の瞬間を待ちわびる。

（あの絶望の一本を）

走りこみ、日向が思いきり踏みこんでジャンプする。ネットの向こうで真正面からブロックに跳《と》ぶ金田一。影山は躊躇《ちゅうちょ》することなくトスを放つ。

刹那《せつな》、日向の脳裏《のうり》に浮かぶのはあのラストシーン。

あの瞬間から、なにかを探しはじめた。

弱さを打ち破るための武器。もがきながら、衝突しながら探したのは強さ。

そして今、この瞬間のために烏野は進化した。

振り下ろす日向の手の前で、影山のトスが一瞬止まる。

それは日向が望んでいた、最高のトス。

全員の想いが、日向の手にこもった。

――ブッ壊せ!!

その一瞬で、日向は金田一のブロックをかわし、見つけた相手コートの隙間《すきま》にスパイクを打ちこむ。

「!!」

渡が咄嗟《とっさ》に反応して腕を出すが、ボールは大きく弾かれ、勢いよく壁に当たって転がっていく。

今までの変人速攻とは似て非なる速攻に、なすすべがなかった及川たちが顔を歪《ゆが》める。

待ち望んだ瞬間はあまりに鮮《あざ》やかで、ベンチの烏養たちも、スタンドの滝ノ上たちも言葉を失った。菅原は昂《たかぶ》った声を絞《しぼ》り出《だ》す。

「……これで……スタートラインだ……!」

「オァァァァ〜!」

歓喜を爆発させ、日向と影山はバチンッとハイタッチをする。それは、衝突を乗り越えた〝相棒〟を称《たた》えあう力強いものだった。

及川のサーブを澤村が飛びこんでレシーブする。

「ぐっ!」

「大地さんナイスレシーブ」

またも澤村に上げられてしまった悔しさで及川は「ぬぅっ」と悔しそうに呻《うめ》きながら、小走りにポジションへと戻る。

（今日も日向のブロードにはレシーブだけで対応か？）

端から端へと駆け、ジャンプする日向にトスしながら影山は思った。日向のブロードについてくる青城のブロックはいない。

以前の戦いで、青城は日向の素早《すばや》いブロードに対し、ジャンプの勢いがすごいぶん、空中で打ち分けができないだろうとブロックをあきらめ、レシーブだけで対処したのだ。止められないブロックはレシーブの邪魔《じゃま》になってしまう。

だがそれは、以前の日向の話。

進化した影山の止まるトスに、日向は青城コートの隙間を見つける。日向に対して構える渡の斜め後ろ。

ダァンッ!!

「!!」

思いがけないコースに、渡は動くことができなかった。

「よっしゃー!!」

（あの10番のコース打ち分けはやっぱりマグレじゃないんだ……）

喜ぶ日向を唖然《あぜん》と見返し、渡はさっきと今の速攻で確信する。そんななか、ベンチで控えていた松川はなにやら考えこんだ。

「……うーん」

「?」

そんな松川を隣の矢巾が不思議そうに見上げた。

バンッ!

及川から遠く上がったボールを、花巻がトスし国見がスパイクする。田中と日向のブロックを抜き鋭《するど》く決まった。

「よっしゃー!」

「マッキー、ナイスキー!」

烏野18ポイント、青葉城西17ポイント。

烏野がリードしているとはいえ、青城はじりじりとすぐに追いつき、なかなか離させてはくれない。

「おい、ちょっと」

渡と交代でコートに戻った松川が金田一と花巻を呼ぶ。

「サッコォーイ！」

（ジャンプサーブ以外のヤツが狙ってくんのは……）

金田一のサーブに田中が声をあげ、構える。

（オーライ！　きた！　後衛セッターの出てくる場所！）

予想どおり飛んできたサーブを田中は確実なレシーブで上げる。

「ナイスレシーブ！」

影山がそう言いながら落下点へと入る。同時に日向がコートの端へと駆けだした。ブロードだ。だが、それに松川がついてくる。

（一枚で止めるのはしんどい。でも……）

「！」

日向は自分と同じタイミングでブロックに跳んできた松川にハッとする。

（クロス《こっち》には打たないでね？　打てないよね？）

鋭い視線はまるで恫喝《どうかつ》でもされているようだ。そのとてつもない威圧感に日向は、影山

のトスがくれる一瞬を有効に使えず、ストレートに打つしかなかった。

「～～～」

（キタ！　ストレート真正面！）

打たされた先で構えていたのは金田一。余裕でレシーブしながら、金田一はさっき松川に言われたことを思い返していた。

『お前はクロス無視してストレートで待ってな』

右利きの日向のクロス、つまり左側を封じることで、残されるのは右側だけになる。

松川はこれを狙っていたのだ。烏養が悔しそうに身を乗り出す。

（コース絞《しぼ》らされた！）

「カウンター!!」

ベンチから菅原の声が飛ぶ。だが烏野が構える暇《ひま》も与えず、及川のバックトスを国見が素早く打った。

「よっしゃ～！」

喜ぶ青城メンバー。日向はそのなかの松川をビビりながらも悔しそうに見た。

（……すげえプレッシャー！　やっぱ3年生怖《こえ》え！）

そんな日向の先で、松川はさっきの威圧感などなかったように、優しく金田一に声をかける。

「ナイスレシーブ金田一」

「アザッス」

金田一も松川に尊敬を込めて返す。

「うまいことコース絞れば拾えるな」

「松っつんこええ」

松川のプレッシャーに及川がニヤリと苦笑《くしょう》する。

「ドンマイ翔陽《しょうよう》、惜《お》しかったぞ！」

「ハイ！」

西谷が日向をフォローする前で、影山は警戒するように眉をひそめた。

（……さっそく日向のブロードの対応策を考えてきやがった）

「さすがだな、青城」

「ええ……」

呆れたように感心する烏養の呟きに、武田も顔をこわばらせながら答える。

烏養は続けた。

「常に選手ひとりひとりが考えてプレーしている。それが青城の強さの源《みなもと》なんだろうな」

青葉城西は熟練したチーム。

ひとつひとつの歯車がきちんとかみあっている安定感がある。

「でも……」

そう言いながら烏養は確信めいた顔で、わずかに微笑《ほほえ》みながらコートを見据える。

烏野22ポイント、青葉城西21ポイント。

「ナイスレシーブ！」

烏野からのサーブを渡が及川へと上げる。ネット前で構える日向は、インターハイ予選のときのことを思い返していた。

（菅原さんが言ってた。青城の速攻はいつもより少しタイミングためてから……跳ぶっ‼）

グッと沈んでから、影山とともにブロックへと跳ぶ日向。ドンピシャなタイミングに、金田一のスパイクは日向の左手に弾かれた。渡が滑《すべ》りこむが間にあわず決まる。

「よっしゃー！」

（お返しだぜぇぇ）

ネット際で悪い顔で挑発してくる日向に、金田一も同様ににらみ返す。

（一本でチョーシ乗んなや）

「よし‼　前回の経験ちゃんと生きてる」

ベンチから烏養が、コートの選手たちを見つめて力強く言った。

経験は成長への糧《かて》。成長を見守ってきた烏養は、それが我がことのように嬉しかった。


一方、青城ベンチではなかなか追い越せない点差に、コーチの溝口貞幸《みぞぐちさだゆき》が渋い顔で隣の入畑に呟く。

「烏野の対応力、上がってますね……どうにも、あと一歩ノリきれない……」

「……ふむ……」

じっと試合を観察するように見ていた入畑は、なにやらじっと考えこんだ。

ダンッ！

及川から上がったCクイックのトスを金田一が決める。

烏野23ポイント、青葉城西22ポイント。

点を取り返す金田一に応援団も盛りあがる。

「いーぞいーぞユウタロウ！　押せ押せユウタロウ！　もーいっぽん！」

「さ〜また回ってきたぞ……」

嶋田が苦笑いで青城コートを見つめる。同じくそれに気づいた谷地がハッとした。

「あ……腕もげサーブの人」

サービスゾーンに立つのは及川。

「及川ナイッサー‼」

ボールをバウンドさせ、ゆっくりと上げた顔は静かに相手コートだけを見据えている。その目の静寂《せいじゃく》は、まるで嵐の前の静けさのよう。

ピッ。

サーブ許可の笛が鳴り、及川がボールを高く上げたのを見て、後衛で構える澤村と西谷は気合を入れて深く腰を落とした。

「サッコォ〜い‼」

力強く床《ゆか》を蹴った及川が、息を止め、しなる身体《からだ》から渾身の力で腕を振り落とす。全身の力がボールにインパクトした次の瞬間。

すさまじい威力とスピードでボールが澤村と西谷の後ろの床にめりこみ、弾《はじ》け飛《と》んだ。

澤村と西谷は、息も瞬《まばた》きさえ忘れ、微動だにすることができなかった。だが。

静まり返った会場に、転がるボールの音だけがした後、線審がアウトだと判断する。

「おあっぐううう⁉　ごめぇぇぇん！　ちっくしょぉぉぉ〜」

悔しがって頭を抱《かか》え叫ぶ及川に、花巻と岩泉が冷静に声をかける。

「惜《お》っしぃー！　ナイス攻《せ》めサーブ!!」

「次、次ィ！」

あまりの迫力に気を取られているメンバーに、澤村は主将として、手を叩きながらいつものように笑って声をかける。

「ラッキーラッキー！　も一本とろう！」

しかし内心は。

（ハァア!?　なんだ今の!?　まだ威力上げてくんのかよ!?　ほぼスパイクじゃねーか！）

一選手として、あまりの迫力に逆ギレするように驚愕《きょうがく》していた。今までのサーブだって立派な〝大砲〟レベル。だが今のサーブは段違いにもほどがある。

そしてある可能性に、澤村は危機感を感じた。

（意図的に……リスクを冒《おか》してでも威力を上げた……？）

渾身の力で打つということは、そのぶんコントロールがきかなくなる。けれど、それでも打ってくるのだとしたら。

「すごい音……」

「ムリ……もう腕ふきとんじゃう……」

スタンドの冴子たちにもその威力は十分に伝わっていた。唖然とする冴子の横で、谷地は震えながらブンブンと首を振る。嶋田も呆れたように呟いた。

「正直、俺もとれる気しねぇ……」

だが、どんなに威力があってもアウトはアウトだ。

烏野24ポイント、青葉城西22ポイント。

「おおっし！　先にセットポイント！　あと1点！　一気に獲《と》れ！」

菅原が選手たちを鼓舞《こぶ》するように叫ぶ。青城ベンチの溝口も声を張りあげた。

「このセット取るぞ!!　しのいでけよ！」

「オス！」

溝口に応える選手たちの声のあと、腕を組み、静かに考えこんでいた入畑が、

「……うん！」

と両手で太ももを叩く。

「？」

「恐れている暇はない。勝負に出なくてはね」

溝口が不思議《ふしぎ》そうに見やる横で、入畑は決意を込めた眼差《まなざ》しをしていた。

影山のサーブを渡がレシーブする。キレイに上がったボールを及川がトスするすぐ横に金田一がジャンプしてくる。それにつられ日向がブロックに跳ぶが、トスは金田一を越えて岩泉に。澤村がブロックに跳ぶが一足遅く、岩泉のスパイクが決まった。

烏野24ポイント、青葉城西23ポイント。

「岩泉ナイスキー」

「いーぞ、いーぞハジメ！　押せ押せハジメ！」

終盤での追いこみに盛りあがる応援団の声援のなか、澤村は仲間を落ち着かせるように手を叩き声をかけた。

「落ち着いて一本!!　一本確実に取ってくぞ!!」

「オース!!」

（あと1点で、青城から第1セットとれる……！）

滴《したた》る汗を袖《そで》で拭《ぬぐ》いながら、澤村は青城の攻撃に構えた。

「く～こういう一本が一番キツイんだよな～」

あと1点。同じ1点でも、終盤の1点は重みが違う。それを身をもって体験している滝ノ上は緊張しながらコートを見据えた。同じくわかっている嶋田もハラハラしながら苦笑した。

「まあな……でも青城のほうがさらにキツイ――」

ピーッ。

笛の音に言葉を遮《さえぎ》られた嶋田が、コートの端に立つ青城の金髪坊主の選手を見て「え？」と驚く。

「青城、ここでメンバーチェンジ？」

「？」

日向と影山も、その選手に気づく。ネットの向こうで及川が顔をしかめて笑った。

「ココでデスカ……」

国見と交代で入ってきたのは、２年ウイングスパイカー、京谷賢太郎《きょうたにけんたろう》。

「……さっきのアイツだ」

「おお……」

日向と影山の前を無言で通り過ぎていく京谷。ベンチで烏養たちも情報のない選手の登場に困惑《こんわく》と警戒を隠せない。

「……初めて見る選手だな……」

「ええ」

京谷はそんな警戒など意に介《かい》さず、ただじっと不機嫌そうな様子で試合が再開する時をじっと待っている。

「………」

「岩泉さんナイッサァー！」

岩泉の強力なジャンプサーブを澤村がとりにいく。だが、レシーブが少し乱れた。

「ぐっ……スマン短い！」

ボールの下に駆けこみながら、影山がトスを上げる。

「田中さん‼」

「オオッ」

田中が打ったスパイクは、花巻のブロックに引っかかった。

「ワンチ！」

「チャンスボール‼」

高く上がったボールを渡がオーバーで及川へ。それに合わせて金田一がスパイクするために駆けだす。

「オーライ！」

（金田一）

及川も金田一のタイミングに合わせてトスを上げようと構えたそのとき。コートの奥か

らそこに全力で走りこんでくる選手がいた。気づいた日向がハッとする。

「!」

金田一がトスに向かいジャンプしようとした瞬間、おかまいなしに割りこんできた京谷もトスに向かってジャンプする。

「うわっ!!」

あわてて避《よ》け、倒れる金田一。

「おらぁ!!」

背中を大きくそらし、全身で吠《ほ》えるような荒々しいスパイク。その姿は、熟練の青城には異質だった。

あわてて日向もブロックに跳ぶが遅い。だがしかし。

ピッ。線審がアウトだと判断する。

(………!!)

ありえない結果に言葉もなく憤怒《ふんぬ》する及川と金田一。ベンチで入畑と溝口も言葉をなくす。日向たちも唖然とするばかりだ。

(アウト……!!)

まるで一瞬の嵐のような出来事から目が覚めたように、菅原が呟く。

烏野25ポイント、青葉城西23ポイント。

「……ラッキィ……。青城から……第1セットとった!」

宿敵

「サーセン」

京谷《きょうたに》は自分が第1セットを終わらせてしまったことなど気にしていないように、口先だけで謝《あやま》った。

京谷は2年のなかで実力はズバ抜けていたが、協調性が皆無《かいむ》だったため3年生と衝突し、部活に顔を出さなくなった。インターハイ予選で青城《せいじょう》が負けたため、3年がいなくなったかと思い部活に出てきたのだった。苗字と名前の頭文字《かしらもじ》を取り、及川から〝狂犬《きょうけん》ちゃん〟と呼ばれている。

（コイツ！　明らかに金田一《きんだいち》のボールだったのに、ぶんどったあげくアウトかよ⁉）

あまりの態度に怒《いか》りで震えることしかできない及川《おいかわ》。人間、自分でも想定していない怒りには、とっさに行動を起こすことができないのかもしれない。

しかし、そんな及川の代わりのように、京谷の頭に岩泉《いわいずみ》の強烈なげんこつがお見舞いされた。

「危ねえだろうが⁉」

「‼」

京谷の頭がめりこむほどの鉄拳《てっけん》に、花巻《はなまき》がナイス！　と言わんばかりに微笑《ほほえ》む。その後ろでハッと我に返った及川が叫んだ。

「そうそうソレソレ‼　まずそれね！」

容赦ない3年生に金田一は恐る恐る言う。

「あ、俺は大丈夫なんで……！」

京谷は金髪頭にまるで赤い大きなボタンのようなたんこぶを作っている。

「試合出してもらえないからストレス溜《た》まってたんで」

ムスッとしながらそう言った京谷に、及川が突っこんだ。

「それって理由になってないから！」


「なんだアイツ⁉」

「あんなヤツ投入して青城どうした？」

スタンドで見ていた他校の生徒が呆《あき》れるなか、第2セットが始まった。

コートに入りながら、京谷に気づく日向《ひなた》。

「アッ、さっきのヤツ、いる！　今度はスターティングからか！」

最初に釘《くぎ》を刺しておこうと、及川が京谷に言う。

「お前は基本、好きにやっててていいけど、足を引っ張るなら引っこめるからな！」

「………」

京谷は返事もせず、ムスッと横を向く。そんな京谷に今度は岩泉が話しかける。

「ムダに危ないプレーだけはすんじゃねーぞ」

「……うす」

素直に頷《うなず》く京谷に、及川は思わず叫んだ。

「なんで岩《いわ》ちゃんにだけ返事すんだよ⁉」

ベンチで矢巾《やはば》と国見《くにみ》は、今までの京谷と岩泉の戦いの歴史を思い返す。

「アイツ……岩泉さんにいろいろと勝負ふっかけて、ことごとく負けてから、岩泉さんだけには従うのな……」

学校のマラソン大会に球技大会。果ては腕相撲《うでずもう》大会。そのすべてで、京谷は圧倒的に岩泉に敗北した。強いと認めた者には服従する京谷。国見はボソッと呟《つぶや》く。

「狼《おおかみ》社会的な……？」

サーブ許可の笛が鳴る。

「旭《あさひ》さん一発ナイッサー！」

サービスゾーンで集中するように深く息を吐く東峰《あずまね》。西谷《にしのや》の声を受け、武器になればと何度も練習してきたジャンプサーブを打つ。

「アウト！」

見極《みきわ》めた渡《わたり》が叫ぶ。ボールはラインを越えてしまった。

「くそ！　スマン！」

悔《くや》しさのあまり険《けわ》しい顔になる東峰に、菅原《すがわら》と縁下《えんのした》が声をかける。

「惜《お》しい！　次々！」

「ドンマイです！」

「顔恐《こえ》え！」

最後の遠慮ない澤村《さわむら》の声に、東峰は悔しさの延長で「なんだと！」とめずらしく声を荒らげた。

烏野《からすの》０ポイント、青葉城西《あおばじょうさい》１ポイント。

「及川ナイッサァ！」

ドォンッ!!　さっきと同様の威力のサーブに構えていた西谷が、寸前で見極め、サッとボールを避《よ》けしゃがむ。

「アウトアウト！」

「おぐうっ！　ゴメンッ」

またしても外《はず》れてしまったサーブに身もだえる及川に岩泉の声が飛ぶ。

「ドンマイ、次一本！」

だが、ボールの落ちる位置は確実にライン内側へと近づいてきていた。

続けて月島《つきしま》のサーブ。

「月島ナイッサー！」

威力はないがネット上の微妙なラインに落ちていくサーブ。やはりネットに引っかかったが、なんとか越え青城コートに落ちる。

「ニャロ！」

飛びこんだ岩泉がかろうじて拾《ひろ》うのを見ながら、影山《かげやま》は攻撃に考えを巡《めぐ》らしていた。

（前衛は攻撃三枚……誰来る⁉）

「ナイスカバー、岩ちゃん！」

そう言った及川がトスを上げたのは――。

「狂犬ちゃん！」

コート右から走ってくるのは京谷。

(ライトからのオープン⁉)

オープン攻撃は高く上げたトスを時間的余裕を持って打つオーソドックスな攻撃だ。どんな攻撃もしかけられるはずの状態で、及川が京谷とこの攻撃を選んだ理由。

まず、京谷をノせること。

「……ん⁉　なんだ……⁉　ネットのほぼ真横からの助走⁉」

スタンドから見ていた滝ノ上《たきのうえ》が叫ぶ。

バァン‼

そして大きく身体《からだ》をそらせ振りかぶった京谷のスパイクは、影山たちの三枚ブロックの内側をまるで剃刀《かみそり》のように通り過ぎ、烏野コートを切り裂いた。あまりの鋭《するど》い角度に、澤村も動けなかった。滝ノ上が興奮して声をあげる。

「うぉぉお、超インナースパイク……‼」

烏野1ポイント、青葉城西2ポイント。

「岩泉ナイッサァー‼」

岩泉の屈強《くっきょう》なサーブに澤村が飛びこんでレシーブする。

「くっ……！」

だが上げるのが精一杯《せいいっぱい》で、ボールは高くネットを越えた。

「返ってくる！　チャンスボール！」

及川の声に、澤村が起き上がりながら叫んだ。

「くそっ！　スマン!!」

トスの構えをとる及川。同時に走りだしたのは金田一と京谷だ。スタンドの他校生が思わず身を乗り出す。

「おっ⁉　ダブルクイック⁉」

ブロックに構える日向。走りながら振りかぶった京谷に、思わず金田一が反応する。

「！」

日向はそれを見逃さなかった。だが京谷のスパイクはそれより速い。

「ぬうっ」

ブロックに跳《と》んだが、決められてしまった。

「よっしゃ――!!」

得点に青城が喜びの雄たけびをあげる。そんななか、及川はそっと金田一に告げる。

「いくら狂犬でも、そう何回も嚙《か》みついてこないからためらわず入ってきなって」

「！」

金田一はギクッと身を強張《こわば》らせる。さっきのダブルクイックのとき、京谷の動きについ動揺してしまったのだ。

「打つのが金田一じゃないってチビちゃんにバレてたぞ」

ニヤリと笑ってポジションに戻っていく及川に、金田一は焦《あせ》りながら素直《すなお》に謝った。

「すんません、ちょっとビビリました」

「岩ちゃんもう一本ナイッサー！」

及川の声を受け、岩泉がジャンプサーブを打つ。まっすぐ自分のほうへ向かってきたそれを澤村は安定感のあるレシーブで返した。

影山がすぐ近くに跳んできた日向に止まるトスを上げ、日向がスパイクを打つ。ボールがコートの隙間《すきま》に落ちる寸前、岩泉が根性で飛びこみ拾《ひろ》った。そして立ち上がり吠《ほ》える。

「シャアア!!」

「ナイスレシーブ」

そう言いながらトスに構える及川。金田一がその裏へと走りこんできた。

（Cクイック）

ネット前で、日向が金田一に上がると踏んだそのとき、及川のトスが前へと上がった。

その先にいたのは京谷。

「！」

驚く日向の前で京谷がスパイクを決める。勢いのあまり横で囮《おとり》で跳んでいた花巻に空中でぶつかる。

「うぉっ!?」

異様な存在感を放つ京谷を見て、滝ノ上が感嘆《かんたん》した。

「また、あの16番!!　3連続得点!!」

ぶつかられた花巻は、それを気にすることなく声をかける。

「京谷ナイスキーな。岩泉も一本ナイッサー！」

烏野1ポイント、青葉城西4ポイント。

突然現れた異質な歯車が、徐々に嚙みあっていく。

ザッ。岩泉のサーブがネットに当たり自陣に落ちた。

「！　スマン！」

めったにない豪快なサーブミス。自分に怒って声を荒らげる岩泉に、及川はへらっと苦笑《くしょう》する。

スタンドの谷地《やち》は、ホッと息を吐《つ》いた。

「やっと1点返した……」

影山のジャンプサーブを花巻が上げる。

「マッキーナイス！」

トスに構える及川に、京谷ががむしゃらに走りこんでくる。その真正面にいた日向が身構えた。

（きた!!　勝負だ狂犬！）

京谷のジャンプに合わせてブロックに跳ぶ日向。だがボールは及川の後ろへ流れるように走りこんできた金田一へ。

「!!」

裏をかかれてハッとする日向。影山もその鮮《あざ》やかな及川の組み立てに目を見張った。

（16番に派手に攻撃されてからの……金田一のブロード!!）

バンッ!!

「よっしゃー!!」

流れながら打ったスパイクが決まり、金田一がガッツポーズをしながら叫ぶ。

「チッ」

その音に気づき振り返った及川が見たのは、屈辱《くつじょく》に眉間《みけん》を寄せる京谷だった。及川はそんな京谷をじっと見据《みす》える。その目はまるで料理の素材を吟味《ぎんみ》するように怜悧《れいり》だ。

(自分が囮にされることに腹を立てている。その攻撃への執着心が、囮の効力を上げているんだけどね。……その牙《きば》、俺がもっと鋭くしてやる)

どんな選手の力も100パーセント引き出す。それが青城の及川だ。


烏野2ポイント、青葉城西5ポイント。

「金田一、ナイッサァー!」

「オーライ!」

青城からのサーブを西谷がレシーブする。影山へときれいに上がったボールに、日向が即座に走りこんでジャンプする。松川《まつかわ》のブロックを避け、隙間を狙《ねら》ったスパイクに飛びこむ岩泉。大きく跳《は》ねたボールを花巻が繋《つな》ぎながら叫んだ。

「オーライ! 京谷ラスト!!」

花巻から上がったボールにジャンプし大きく振りかぶる京谷。だがその前には。

「ブロック三枚!!」

及川は険《けわ》しく眉を寄せた。真正面での澤村、日向、田中《たなか》のブロック。隙はどこにもない。

(打てば捕《つか》まる……)

そう思った及川は京谷に声をかける。

「一回返して!」

バシンッ!

しかし京谷はなんの躊躇《ちゅうちょ》もなくフルスイングし、真《ま》っ向《こう》勝負のスパイクでドシャットを喰《く》らう。

「バカお前! もうちょい軟打とかフェイントとかあるだろ!」

思わず立ち上がり激怒する溝口《みぞぐち》に、京谷は振り向きもせずきっぱりと言い放った。

「攻撃は強打が決まんなきゃ、気持ちよくねえっす!」

超単細胞な理由に日向たちは唖然《あぜん》とするしかない。手のかかる狂犬に及川は呆れたようにため息をついた。

「このっ……」

怒りがおさまらない溝口に、入畑《いりはた》が声をかける。

「まあまあ溝口くん……。正すところは、いずれ正すよ」

いつもと変わらぬ穏《おだ》やかな口調。だが優しい笑顔でどこか怖《こわ》いオーラを放つ入畑に、青

ざめた溝口は怒りも忘れサッと姿勢を正した。

「！　うす……」

一番怒らせてはいけない人種は、ふだんはとても人格者だ。

一方、烏野ベンチで烏養《うかい》は京谷を分析する。

「あのアクの強そうな感じと不安定さ……ここまで試合に出ていなかったところから見ても、あの16番は諸刃《もろは》の剣《つるぎ》なのかもな」


烏野8ポイント、青葉城西9ポイント。

「……一進一退……膠着《こうちゃく》状態だな」

滝ノ上の言葉に、嶋田《しまだ》も同意する。

「ああ……あの16番、決めるわりにミスも多いからな」

なかなか追い越せない烏野に、点差を開けない青城。どちらもなんとかしたいのは変わらない。

そのとき、青城コートで及川が烏野コートに背を向けたまま、右の太ももを二回叩《たた》いた。

「！」

それに気づいた渡たちが、なにくわぬ顔でそれぞれのポジションに向かっていく。

「岩泉さんナイサー！」

そして岩泉のサーブ。西谷がレシーブし、影山がトスを上げたのは振りかぶった日向を囮に、後ろの東峰へ。

バンッ！

「ふぐっ!!」

岩泉がレシーブするが、その威力にボールは大きく跳ね上がった。渡が声をかける。

「カバーカバー！」

「マッキーラスト！」

ネット前に飛んだボールを及川がアンダートスでなんとか上げ、花巻へと託《たく》す。だが花巻のスパイクは日向と影山のブロックに弾かれた。

「オーライ！」

任《まか》せろというように大きく腕を広げてから、渡がレシーブする。だがボールは大きく左へと上がった。

「！」

（レシーブ乱れた！）

ボールを追いかける及川を日向も追いかけていく。西谷が叫んだ。

「レフト来るぞ!!」

スパイクへと跳ぶ金田一に烏野の注目が集まったそのとき、及川は自分を追ってきた日向に冷然とした視線を送る。

(ワザとだよ)

そんな日向の前でトスが上がった先は、ライト側から走りこんできた京谷。

「!」

(狂犬!! 今までよりタイミング早い!)

田中と日向があわててブロックに跳ぶが、京谷のスパイクは鋭くきりこむように烏野コートに落ちた。

気持ちよくスパイクが決まったゾワリとするような快感に、京谷は高揚《こうよう》したまま笑《え》みを浮かべる。

「オオッシ!」

会心《かいしん》のガッツポーズをする及川。

右の太もも二回叩いたサインは、『返球をレフト側へ』集めるという合図。ボールと囮で相手ブロックをレフト側におびき寄せてからの、ライトからの京谷の攻撃だ。

京谷は諸刃の剣。だからこそ生かす攻撃がある。

烏野ベンチで縁下が青ざめ呟いた。

「えげつない角度だ……」

その隣で菅原は、同じセッターとして気持ちがわかるのか、わずかに高揚《こうよう》して言う。

「自分の手でブロックひっぺがすのはセッターならではの快感だよな……」

「………」

ネット越し、影山は険《けわ》しい顔で及川を見つめていた。


一進一退の攻防が続いたが、それでも徐々に点差が開きはじめた。

烏野13ポイント、青葉城西17ポイント。

「田中さん！」

「オーライ！」

青城からのサーブを田中がレシーブで影山に上げる。すぐさま日向がネット前へと走りこみ跳び上がったところへ影山のバックトス。だが、日向のスパイクは松川のブロック越しに待ちかまえていた花巻にレシーブされる。

「マッキーナイス！」

花巻は自分が上げたボールを見上げながら、冷静に思う。

（……京谷を入れる理由はわかっている……。俺たちにあと一歩欲しいパンチ力……攻撃のために入ったんだ……）

ネット前、囮で跳ぶ松川《まつかわ》を前に及川が叫ぶ。

「狂犬ちゃん！」

「!!」

日向がクッと視線をやる先で、ジャンプし、身体を大きく振りかぶった京谷のスパイクが打ちこまれる。

（存分《ぞんぶん》に発揮してもらわないと困る！）

そう思う花巻の前で、影山が受けたスパイクの威力があまりに大きく、ボールはコート外に弾かれた。

「よっしゃー！」

得点が入り沸《わ》きあがる青城の、あまりに強烈な攻撃に「くそっ」と影山が吐き捨てる。

だがコートを見つめる京谷の顔は、初めより静かなものになっていた。

コートに立ち、スパイクが決まりはじめ、正気を失いそうな飢《う》えからやっと解放されたように。

「金田一、もう一本ナイッサー！」

金田一がサーブを打つ。その低さに澤村が叫んだ。

「前ー!!」

ボールはネットに引っかかり、自陣に落ちる。

「!!　……ス、スミマセン！」

「狙《ねら》いすぎたな」

焦《あせ》って謝る金田一に、岩泉が振り返ってわずかに笑って声をかける。攻めたサーブに責める声はない。

続いて烏野サーブ。

「いくぞォ！」

気合をこめる田中に澤村の声が飛ぶ。

「田中ナイッサー！」

「ふっ！」

「ナイスレシーブ！」

岩泉に声をかけながら及川がトスに備《そな》える。同時にネット前へと駆けこんでくる京谷。

「！」

真正面で構える日向の前で京谷が跳び上がる。だが、その直前に視界を横ぎった松川に日向は気づく。

不自然なくらいに京谷の攻撃ばかりが続いてる。そんなときこそ、囮に使われるはず。

日向が松川を追ったその瞬間、及川のトスが京谷へ。日向があわてて戻ったときには、すでにスパイクが打ちこまれ、田中の腕を弾いて得点が決まった。

狂犬はニヤリと笑う。飢えから解放され、満たされたのはプライドと集中力。

悔しさを隠しもせず、京谷をにらみ返す日向と田中。

（意識しないよう努めるのも、意識するのと一緒だよ……）

そんな日向たちを及川は満足そうに眺めた。


烏野18ポイント、青葉城西21ポイント。

「京谷ナイッサー！」

「さっこ〜い!!」

烏野チームが身構える向こうで、京谷が折れそうなほど振りかぶった身体から、ひねり出すようにサーブを打つ。

バゴーン!!!

凄烈《せいれつ》なサーブが烏野コートに叩きこまれた。誰も動けず、ボールを見送る。

動揺を隠しきれない烏野を見て、及川が愉悦《ゆえつ》の笑みを浮かべる。

(かかってきた、かかってきた……)

選手たちと同じように、烏養たちも京谷という存在を投入した本当の意味に気づき、動揺していた。

(……諸刃の剣……。16番を入れること自体が、青城にとって一《いち》か八《ばち》かの賭《か》けで……でもそれはすでに成功しているのだと思っていた……!)

愕然《がくぜん》と目を見開く烏養が、「先生ッ!」と武田《たけだ》に声をかける。武田はあわてて審判にタイムアウトを要求した。なんとかその流れを断《た》ち切るために。


青城ベンチ。わずかな休憩に選手たちはそれぞれ水分補給をする。

(……京谷は手のかかるスロースターターだが……かかれば強い)

つまり、京谷が真価を発揮するのはこれから。

入畑は同じように水分補給している京谷を座って見ながら、満足げに微笑んだ。

スタンドからでもわかるほど青城へと流れている試合の空気に、嶋田たちは心配そうに顔をしかめる。

「まずいぞ、……試合の、とくにセット終盤《しゅうばん》の雰囲気《ふんいき》っていうのは、次のセットにも影響していくことがある……。今のままじゃ確実に青城有利……なんとかこのセット獲《と》って収めてくれ……！」

祈るような嶋田たちの下で、試合再開を前に選手たちが円陣になって気合を入れる。

「しめてくぞ！　烏野――ファイ！」

「オ――！」

ピーッ。タイムアウト終了の笛が鳴る。

「京谷も一本ナイッサ～！」

サービスゾーンに立つのは続けて京谷だ。烏野コートを見やり、まだ足りないとばかりに舌なめずりをする。

「………」

「一本とるぞー！」

「おーす！」

澤村のかけ声に応《こた》える選手たちを、真剣な眼差《まなざ》しで見ている烏養。だが、右から感じるひたむきな視線を肌で感じ、小さく息を吐く。

「うっせーな、わかってるよ」

そしてどこか呆《あき》れたように笑みを浮かべた。


京谷のサーブを澤村がレシーブしたが、大きく上がりすぎてしまい、松川がそのままダイレクトスパイクを決めた。

さらに、京谷のサーブ。

「田中！」

澤村の声に応えるように、田中がレシーブでそのサーブをなんとか受け止め、上げた。

「だっしゃあああああ!!」

「チッ」

吠《ほ》える田中に舌打ちする京谷。そして間髪《かんはつ》入れず日向と影山の速攻《そっこう》が決まる。

谷地《やち》と冴子《さえこ》が思わず拳《こぶし》を握《にぎ》りしめ叫んだ。

「よっしゃー！」

「まだまだこっからこっからー！」

烏野19ポイント、青葉城西23ポイント。

「翔陽《しょうよう》ナイッサー！」

サービスゾーンに立つ日向に西谷の声がかかったそのとき、武田の声がした。

「すみません、選手交代します」

烏養に背を押され、コート際に立つのは山口《やまぐち》だった。


「山口10点獲れ！」

交代するために近づいてきた日向にそう言われ、えっ、と驚く山口。

「それ試合終わるけど……」

「許す！」

きっぱり言いきりボールを差し出す日向。

「………」

呆気《あっけ》にとられた山口だったが、らしい励《はげ》ましにニッと笑いボールを受け取る。そんな山口になぜか自分たちのほうがプレッシャーを感じ、ギクシャクと励《はげ》ます田中と東峰。

「いぃ一発いったれ山口ィー!!」

「へ、へいじょっ、平常心だぞ」

東峰は落ち着かせるように笑顔を見せるがぎこちなく、声まで裏返りそうになる。そんなふたりとは対照的にいつもどおりな影山と月島。

「ナイッサー！」

「ナイサー」

澤村は主将《キャプテン》らしいどっしりとした笑顔で声をかける。

「思いきりいけよ！」

「ハイ！」

力強く返事をしたあと、サービスゾーンに立った山口は目を閉《と》じ、自分を落ち着かせるように大きく深い息を吐き出す。

思い出すのは、和久南《わくなん》との試合後のこと。


「チャンスをムダにしてすいませんでした!!」

山口は烏養にバッと頭を下げる。

烏野リードでむかえた和久南戦第1セット終盤、逆転されるのを防ぐためピンチサーバーとして山口は投入された。

山口にとってジャンプフローターサーブは、唯一《ゆいいつ》の武器。無回転で、なおかつジャンプして勢いをつけて打つサーブは、軌道《きどう》が変わったりブレたりするので、相手にとってやっかいなサーブとなる。

体力面でも技術面でもみんなより秀《ひい》でるものがなかった山口が、みんなと同じように戦えるなにかが欲しいとOBである嶋田に教えを乞《こ》うたのだ。

初めてピンチサーバーとして投入されたのは、青葉城西とのインターハイ予選。流れに乗る青城の雰囲気を断ち切るためだった。だが、山口にとってこれが高校初試合。緊張しまくり初サーブは失敗した。

そして二回目が和久南戦。一本目はラッキーでなんとか相手コートに落ちた。だが二本目。山口は入る確率の低いジャンプフローターサーブに怖気《おじけ》づき、普通のサーブに逃げたのだ。

逃げて初めて、山口は自分の情けなさを責《せ》めた。

自分からサーブを取ったら、なにも残らないのに。

「…………」

自分を見据える烏養に、山口は強い眼差《まなざ》しで言った。

「俺に、もう一回チャンスをください！」


目を開き、青城コートを見据える山口には、もう以前のような怖気づいた様子はない。

ネット越し、及川は苦笑して呟く。

「……どいつもこいつも、雰囲気変えてきやがって」

ピッ。サーブ許可の笛が鳴る。

もしミスったら青城の王手《おうて》がかかる場面。

そのプレッシャーを背負《せお》いながら、山口は落ち着いてゆっくりとトスアップし、ジャンプしてサーブを打つ。

無回転でわずかに揺れながら青城コート後方へと落ちてゆくボール。

「アウト！」

その高さと軌道《きどう》を読み、渡がコールした。だが。

後衛《こうえい》の渡と京谷を過ぎた後、ボールは急激に角度を変えた。驚愕《きょうがく》する渡たちの視線の先で、ボールはライン際《ぎわ》に落ちていく。

苦々《にがにが》しい顔で見ている及川。線審が〝イン〟だと判断する合図を出したその瞬間。

「！　……うぉおおおおしゃああ！」

やっと戦えた山口が感情を爆発させた。今までの山口の努力を知っている田中や澤村たちも歓喜し駆け寄った。ベンチから日向と西谷もそれに加わろうとするのを、「おっおっおっ」と菅原と縁下が必死につかむ。

「すげえ変化したな……。俺もアウトだと思ったわ」

驚く花巻に、及川も汗を拭《ふ》きながらイヤそうに呟《つぶや》いた。

「これがあるからジャンフロはイヤなんだよ」

「いいぞー！　もう一本ー！」

スタンドから滝ノ上が声援をおくる横で、嶋田はわずかに震えながら、こみあげるなにかを必死にこらえていた。

『……俺もあいつらみたいに……強いヤツらと対等に戦いたい！』

そう頼《たよ》ってきた山口の努力を誰より近くで見てきた。高校生のときの自分と同じピンチサーバーの役割を背負う後輩に、かつての自分が初めてサービスエースを決めたあの瞬間の想いを味わわせてやりたいと、一緒に練習を重ねてきた。辛《つら》くても逃げずに向きあえば、いつか努力の実る瞬間は必ずくる。

——そして、今がその時。

嶋田は仲間に祝福されもみくちゃにされる後輩を見ながら、人知れずそっと拳《こぶし》を握りしめた。

「スゲーぞ、山口！　コノコノォ！」

「オ、オス」

もみくちゃにしてもまだ足《た》りない田中に頭をくしゃくしゃに撫《な》でられながら、山口は嬉しそうに応える。澤村もそれを微笑ましく見守っているところに月島が口を開いた。

「そんなに驚くことじゃないデショ」

月島のいつもと変わらぬ冷めた態度に、田中が怒る。

「またお前はそうやって——」

「この5か月……サーブだけは誰より練習したんだから」

「……！」

田中の声を遮《さえぎ》るように言った月島の言葉に、山口がハッとする。いつも素《そ》っ気《け》ない大好きな幼馴染《おさななじみ》が、自分を認めてくれていたことに打ち震えた。

田中は、いつもひねくれている月島の素直な言葉に、しごく嬉しそうに軽めの腹パンをする。

「このヤロ、このヤロ！　このヤロ！」

烏野20ポイント、青葉城西23ポイント。

「山口もう一本！」

日向のかけ声の後、山口がジャンプフローターサーブを打つ。

「京谷！」

渡に声をかけられ、京谷はレシーブに構える。無回転のボールが京谷の構えた腕に落ちるかと思われたが。

「！」

そのまま落ちそうだったボールが、クンとわずかに浮き上がり京谷の顔へ。あわてて避《よ》けようとした京谷の上腕《じょうわん》に当たり、ボールは後方へ弾かれた。

ピッ。主審が得点が入ったことを知らせる。

「サッ、サービスエース二本目ぇぇぇぇぇ!!」

跳び上がる田中に、ガッツポーズする山口。

「よしっ！」

「やまぐちぃぃぃぃ」

田中と澤村、東峰はよくやったと言わんばかりに山口を撫でまくる。影山もちょっと混ざりたそうにする向かいで、月島はいつものように「ナイッサー」と平坦な声をかける。

「山口くぅぅぅぅぅん!!」

「なんなの？　あのサーブすげー！」

叫ぶ谷地に、興奮し思わず身を乗り出す冴子。

サーブとは、仲間に繋《つな》ぐことが重要なバレーボールで唯一《ゆいいつ》孤独なプレー。そして、ブロックという壁に阻《はば》まれない究極の攻撃。

「山口ーッ！」

「もう、いっ、ぽォォォォン！」

反撃の狼煙《のろし》の一本に、ベンチから日向たちが声を合わせる。

「サッコォォイ！」

青城コート後衛で岩泉と渡が腰を落とし、サーブに備えた。

バンッ。ボールは揺らぎながら花巻のほうへ。

「オーライ！」

（ジャンフロはオーバーで捕《つか》まえる！）

ボールを注視しながら、花巻はオーバーハンドでボールを受け、パスを出す。

(拾《ひろ》われた！　攻撃がくる!!)

山口が愕然とする。しかしショックを受けている時間はない。

及川のトスに素《す》早《ばや》く松川が跳び上がるが、後方で待ちかまえていたのは岩泉。振りかぶり力強くスパイクを打つ。

バシンッ!!

強力なスパイクを胸で山口が受け止める。全身でしがみつくような執念のレシーブに、岩泉の顔が怒りにゆがむ。

(……まだ……まだだ)

衝撃に倒れこみそうになるのを必死に耐え、山口がきっと顔を上げる。

(まだサーブ権は渡さない!!)

「カバァアアアーッ!!」

上がったボールに日向たちが力の限り叫ぶ。落ちる寸前、飛びこんだ影山がなんとか拾った。

「サンキュ……影山……!!」

スパイクの衝撃でかすれる声の山口。澤村が声をあげた。

「月島ラスト！」

月島はボールを見据えながらネットに向かいジャンプする。

真正面には三枚ブロック。そのまま打てば確実に弾かれる。しかし月島はブロックの前でフェイントするように手首を返しながら、ボールを軽く打つ。押しこまれるように打たれたボールは、一番端《はし》の及川の指に当たり青城コートに落ちた。

「よっしゃー‼」

ブロックアウトが決まり、思わず両手を上げ喜ぶ澤村。その前で及川は冷静で憎たらしいプレーをする月島を無遠慮ににらんだ。

「山口ーッ」

「もういっぽ〜ん‼」

今度は西谷の声に合わせて、ベンチにいる日向たちが叫ぶ。

「ボールよく見てけよ！」

「オス！」

岩泉の声に、渡が気合を入れる。

ピッ。サーブ許可の笛に、山口は深く息を吐く。そしてまっすぐ見つめるのは青城コートではなく、その前のネット。浮かぶラインのような白帯。

山口はジャンプしてサーブを打つ。ヨロヨロとボールが向かうのは白帯だ。まるで躓《つまず》くように引っかかったボールが空中に放り出される。

ボールを捕まえる余裕を与えないように、わざと狙ったのだ。


持った武器はたったひとつ、サーブ。

与えられるチャンスは、わずか一度のサーブ権。その一本にプライドも、試合の流れも、すべて乗せて勝負する。それが……。

——ピンチサーバー。


一度目も、二度目も、コートに立って山口が恐れたのはサーブが入るか入らないかということだった。けれど今は、どこに決めるかということだけを考えて攻めたサーブ。

唯一の武器を、山口は鋭く鋭く磨《みが》きあげてきた。

そんな山口の前で、ボールが青城コートへ落ちていく。

渡が飛びこんで腕を伸ばすが――。

バンッ。

「ネットイイーン！」

山口の神がかり的なプレーに、日向たちが驚愕する。

「運も味方《みかた》を？」

思わず拳を握りしめていた武田が烏養に訊《き》く。烏養は予想以上の山口の活躍に、嬉しそうにニヤリと笑った。

「？」

「いや、それだけじゃねえよ」

スコアボードを見下ろしながら、谷地が興奮した様子で口を開く。

「これで……同点……!!」

烏野23ポイント、青葉城西23ポイント。

続く山口のサーブ。ジャンプして打ったサーブに、山口は顔をしかめた。

（ゆるい回転がかかってる……！　変化が弱い……！）

「オーライ！」

「ナイスレシーブ！」

岩泉がオーバーでレシーブし、及川へ。松川がすぐさまジャンプするが、その向こうの花巻に月島は反応する。松川を越えた及川からのトスに花巻がスパイクを打つが、その前に月島が澤村とともにブロックへと跳んだ。スパイクが月島の右手に当たる。

「ワンタッチ！」

振り返り叫ぶ月島。田中が飛びこんでなんとかボールを上げた。

「東峰さん！」

影山が後ろ向きのレシーブでネット前へと。田中が叫ぶ。

「ナイス影山！」

繋がったボールに東峰がジャンプし振りかぶる。渾身《こんしん》の力でスパイクを打つが、その前には三枚ブロック。及川と松川の腕に弾かれたボールが、バチンッと大きな音を立てて烏野コートへ。日向が吠《ほ》える。

「うしろー!!」

田中が振り向きざま腕を伸ばして飛びこむ。だが、

「アー——ウトォォォォッ!!」

寸前で見極め、咄嗟《とっさ》に腕を引っこめ叫ぶ。ネット越し、東峰は喜びに、及川は悔しさに雄《お》たけびをあげた。

「っしゃああああああ!!」

「田中、ナイスジャッジ!!」

縁下が声をかけるなか、スタンドで見ていた他校生がスコアボードを見て唖然とする。

「お、おい……まじかよ、これって……烏野のマッチポイントだぞ!?」

烏野24ポイント、青葉城西23ポイント。

あと1点烏野がとれば、第1セットをとっている烏野の勝利となる。


パンパン!

「はぁい! 落ち着いて!!」

手を叩き、大きく手を広げ、このピンチに主将らしくみんなを落ち着かせようとした及川。だが、そんな及川を見る岩泉たちの顔は、いたってふだんどおりだ。

「落ち着いてる」

岩泉がそう返せば、花巻は松川に手を差し出す。

「まあ、今のはしょうがないわな」

「次、次」

松川も気負《きお》う様子もなく花巻と手を合わせて、岩泉たちと同じようにあっさりと自分のポジションへと戻っていく。むなしく広げたままの腕で及川は嘆《なげ》いた。

「さすがお前ら！　しっかりしすぎてキャプテン悲しい!!」

けれど、戻っていく岩泉たちの顔にはそれぞれ笑みが浮かんでいた。こんなピンチでも努《つと》めていつもどおりでいられる及川の存在は、やはり大きい。腐《くさ》っても主将。そしてなにより頼もしい仲間がいればピンチは乗り越えられると信じられる。

それは及川も同じだった。

ピッ。サーブ許可の笛に、山口は深く息を吐き、ジャンプサーブを打つ。

無回転でフラフラと青城コートへ向かうボールに、山口は手ごたえを感じた。

（イイ感じ）

「俺が取ぉる!!」

ネットギリギリでやってきたサーブに、渡が気合を入れてボール下へと駆けこみオーバーレシーブで上げた。西谷はその着実なレシーブに不敵な笑みで思わず本音をもらす。

「うめえなクソ」

「ナイス渡《わた》っち！」

渡が繋いだボールを及川がジャンプトスする。花巻、松川がネットの前でスパイクに跳ぶのに合わせ澤村がブロックに跳んだ一瞬後、松川の後ろから跳び上がったのは岩泉。

狙い定め、渾身の力でスパイクを打つ。

月島のブロックを抜けたそれを、山口がレシーブしようとするが。

バシンッ!!

岩泉のスパイクは、威力のあまり山口の腕を弾きコート外へ飛んだ。倒れる山口は歯がゆそうにボールの行方《ゆくえ》を見つめる。

「っしゃあああああ!!」

会心の一撃に岩泉が吠えた。

ベンチで金田一が「ナイスキー！」と叫ぶ隣で、矢巾がホッと息を吐く。

「やっと切った……いったいアイツに何点取られたんだ……？」

山口は倒れたまま、悔しそうに岩泉を見た。

「…………」

日向とメンバーチェンジで戻ってきた山口を武田たちが笑顔で迎える。

「素晴らしい活躍でしたよ！」

「グッジョブ！」

「ありがとうございます」

サムズアップする烏養に山口は頭を下げた。そんな山口に縁下や菅原たちが労をねぎらおうと手荒く山口をもみくちゃにする。

「よくやった山口～!!」

「すげーじゃねーか！」

先輩たちのあふれんばかりの愛情に山口はされるがままだ。

そしてすぐ後衛に回った日向と西谷が交代する。ベンチに戻ってきて、「一本集中!!」と声をかける日向に山口が言った。

「次は……10点獲るから」

そう言ってコートを見据える山口は、次のチャンスに向けて静かな戦意を燃やしていた。

頼もしいチームメイトの宣誓《せんせい》に、日向は移ってきた熱で胸がいっぱいになり満面の笑顔で言った。

「……負けねー!!」

首の皮一枚繋がった青城の応援団の声が、顔が、必死なものになる。

「オーオ、オーオ、オーオ、青城！」

「青城!!」

（……山口が繋いだチャンス、絶対のがすな!!）

青城への応援の声が響くなか、澤村はただ一心にそう願い、相手コートを見据える。

青城サービスゾーンに立つのは、及川。

「及川ナイッサー!!」

手のなかでボールを回し、上げた顔はいつもより厳しい。覚悟を決めたその顔にあるのは、選手としての矜持《きょうじ》。

合図の笛とともに高く放ったボールに、及川は走りこみジャンプする。そして力強く振り下ろされる腕で打ったサーブが弾丸のように鋭く烏野コートへ。後衛ライン際に落ちるボールに素早く西谷が飛びこむが——。

　破裂するような音とともに、受け止めきれなかったボールが弾け飛び、威力衰えないままスタンドの手すりに当たった。

　あまりの攻撃力に澤村が驚愕する。

（もはやスパイク……！）

「シャアアアア！」

　拳を握り、雄たけびをあげる及川と青城チーム。ベンチでも松川たちが逆転のサーブに湧《わ》きあがった。

「よっしゃあああ」

「オオッシ！　オオッシ！」

「いいぞいいぞ徹《とおる》！　押せ押せ徹！　もー一本!!」

　息を吹き返した青城応援団の声援が会場を埋《う》め尽《つ》くす。

　そのなかで、澤村は瞬《まばた》きもせず及川を凝望《ぎょうぼう》する。

（やりづらい相手）

（面倒《めんどう》くさい相手）

そして及川も振り返り、澤村を、烏野を見据える。

（去年まではたいした縁もなかったのに……）

コートで待ちかまえる澤村の向こうで、及川がボールをトスアップする。

（格下だったハズなのに……）

そう思いながらボールを見る及川の目は、集中して恐ろしいほどの静寂に満ちている。

ジャンプし、しなるような身体に澤村は刹那《せつな》、予感めいた圧力を感じる。

次の瞬間、わずかに遅れた澤村の後ろに打ちこまれたサーブは峻烈《しゅんれつ》。

澤村は悔し気にボールを見送ることしかできなかった。

勝利への執着。死ぬほどの想いでどんなに練習を重ねてきたのか。

そう思っていたのは自分たちだけではないと、目の前に立っているのもまた、同じように貪欲《どんよく》に勝利を欲している相手なのだと思い知らされた現実に、その一打に、影山たちは息をするのも忘れた。

得点が入ったことを知らせる笛が鳴る。

烏野26ポイント、青城28ポイント。

第2セット青城。これでイーブン。

(こいつらとはフルで戦《や》る、宿命……)

澤村は思い出す。

「最初の練習試合、インターハイ予選……」

日向と影山のコンビの可能性に気づいたときも、全力をぶつけ負けたときも、第3セットまで戦った。互いに死力を尽くして、そのたびお互い強くなってきた。

「そんで今、一番濃い試合やってるよな……」

いつのまに、こんなに互いを意識するようになったのか。

けれど、どんなことにも必ず終わりの時はくる。

言葉なくても全員が、その時を惜しむような焦《じ》れるような気持ちで待っていた。

勝っても負けても、この面子《メンツ》で試合をするのは最後。

(ファイナルセット……)

及川が烏野を、そして澤村が青城を見据える。

(最後の勝負だ)

才能とセンス
HAIKYU!!

そして第3セットが始まった。

東峰《あずまね》の強力なジャンプサーブを京谷《きょうたに》がレシーブで及川《おいかわ》へ上げる。ネット前、及川からのトスを岩泉《いわいずみ》が影山《かげやま》のブロックをかすめながら豪快《ごうかい》に打《う》ち下《お》ろした。澤村《さわむら》の腕を弾《はじ》きボールはコート外へ。

青城《せいじょう》の先制点。このまま流れをつかみたい青城のサーブは及川。威力の衰《おとろ》えない弾丸サーブを東峰がなんとかレシーブしたが、上がったボールはそのまま青城コートへ。

バシンッ！

京谷がそのままダイレクトに打ち落とす。

しかしこのまま離されるわけにはいかないとばかりに、田中《たなか》が京谷のブロックを狙《ねら》いスパイクを打つ。弾け飛びブロックアウトが決まった。

目の前に敵がいればなにかと挑発する習性の田中に、敵意を向けられていなくても向けてしまう京谷が乗せられないはずはない。

開始早々、取られた分だけ取り返す素早《すばや》い試合展開になった。

烏野《からすの》7ポイント、青葉城西《あおばじょうさい》7ポイント。


田中と京谷の習性を読んだ月島《つきしま》が直前でブロックの位置を田中と変わり、ストレートで打ってきた強烈な京谷のスパイクをドシャットで止める。

静かな笑《え》みを浮かべる月島に、驚愕《きょうがく》する京谷。そして悔《くや》しげに歯を食いしばる及川。

それからも挑発に乗ってしまう京谷のスパイクは止められ続けた。頭を冷やすために、いったんベンチに下げられたが、すぐに戻される。

京谷はその性格から、中学のバレー部で敬遠されていた。実力はあるのに使いづらいと思われ、そして京谷もそんなチームメイトに歩み寄ることはしなかった。それは青城に入ってからも同じだったが、部活を休んでいる間、ひとりで練習をしていただろう京谷の力を認め、及川たちはチームメイトとして迎え入れた。勝つために必要な選手だと。

トッ。

及川はまた京谷へトスを上げた。問答無用《もんどうむよう》の容赦《ようしゃ》ないトス。

チームメイトとして上げられたボール——京谷は鋭《するど》くきりこむ強烈なスパイクを打った。

東峰と日向《ひなた》のブロックの前を抜いて、澤村の腕を弾き決まる。

続けて花巻《はなまき》のスパイク。しかし、烏野も反撃する。

烏野12ポイント、青葉城西12ポイント。

拮抗《きっこう》する力が、なかなか点差が開くのを許さない。


バシッ。

日向が松川《まつかわ》のブロックに誘導されて打ったスパイクを、岩泉が回転レシーブで上げる。コースを狭《せば》められ悔《くや》しい日向。岩泉も、高くそのまま返ったボールに舌打ちする。東峰がそのチャンスボールをダイレクトで叩《たた》き落《お》とす。渡《わたり》が食いつくが、あまりの強打に受け止めきれず床《ゆか》に転《ころ》がった。

バシィ!!

及川からの弾丸《だんがん》サーブに澤村が飛びこんで、腕を弾かれながらもなんとか上げる。しかしボールはそのまま青城コートへ。待ち受けていた及川が上げたトスに、金田一が走りこみジャンプして流れながらスパイクを打つ。田中がブロックに跳《と》んだが、及川が狙った金田一の打点には及ばなかった。

ダンッ。

走りこんだ日向がネット前でバッとブロックのいない場所へと横に跳ぶ。勢いあまってネットすれすれに跳んでしまった日向に、影山のトスがくる。ほぼネット真上から打ち下ろすスパイクが決まった。

普通ならブロックを警戒し、できないスパイク。

とっさに日向に合わせられる影山と、自分に合わせさせてしまう日向、どちらも迷わず突き進むコンビならではの速攻《そっこう》だった。

けれどそんなコンビを調子づかせてはいけないと、及川がトスを上げ、岩泉が強烈なスパイクを叩き落とす。

及川と岩泉は互いのプレーを荒っぽく称《たた》えるように、豪快なハイタッチをした。

このふたりにもまた、長年コンビを組んできた阿吽《あうん》の呼吸がある。

試合の流れはいまだどちらかに傾かず、中盤を越えても一進一退の攻防を繰り広げる。

日向を囮《おとり》に田中が打ったスパイクが決まる。円陣を組み、喜ぶ烏野。だがすぐに花巻がラインギリギリを狙いスパイクを決め返す。気持ちのいいスパイクに、青城ベンチの松川やふだんはテンションの低い国見《くにみ》も思わず拳《こぶし》を握《にぎ》りしめた。

金田一と交代で矢巾《やはば》がピンチサーバーとして入る。矢巾の力強いジャンプサーブを、東峰がレシーブで上げ、田中がそのままスパイクを打ちこむ。だがそれに及川が飛びこんで上げ、京谷が決めた。

烏野18ポイント、青葉城西19ポイント。

日向がレフトからライトへブロード攻撃に走る。松川がそれに合わせて真正面へブロックに飛んだ。日向は渾身《こんしん》の力で腕を振り下ろす——かと思いきや、直前で力を抜き、流れるままフェイントでボールを落とす。後衛《こうえい》にいた矢巾が必死にボールに飛びこむが、手の先でボールがコートに落ちた。

鮮《あざ》やかに滑《すべ》りながら着地する日向の前で、矢巾は歯を食いしばりコートを叩く。

青城ベンチで入畑《いりはた》と溝口《みぞぐち》も、集中とぎれぬ応酬《おうしゅう》に息を呑《の》み眉《まゆ》を寄せ、選手たちを見守る。

烏野ベンチから菅原《すがわら》たちが必死に声援を送った。

澤村がレシーブして上げたボールを、バックアタックで田中が決める。

そして日向と交代で山口《やまぐち》がピンチサーバーとして入る。スタンドの冴子《さえこ》たちの応援を受けながら、サービスゾーンに立つ山口。そこには昔のような震えは微塵《みじん》もない。

ボンッ。

山口が打ったジャンプフローターサーブが、ふらふらと京谷のもとへ。オーバーハンドで取れると手を伸ばした京谷の前で、ボールは一瞬ふわっと浮く。思いがけない動きに焦《あせ》った手で弾かれ後ろへ飛んだボール。だがそれに岩泉が全力で食らいつき上げ返した。

その執念のプレーに日向は思わず目を見張った。

そして、及川のトスからの岩泉の渾身のバックアタックが決まり——。

烏野22ポイント、青葉城西23ポイント。

この大事な局面で、青城サーブは及川。

まるで祈りを捧《ささ》げるようにボールに額《ひたい》をあてていた及川がそっと顔を上げる。

その目は静かに澄みきり、わずかな迷いもない。

上げたボールにジャンプし、全身全霊の力を込めた腕を振り下ろす。

——ダンッ……!!

次の瞬間には、ボールは烏野エンドライン際《ぎわ》に撃ち落とされた。気合を入れ、構えていた烏野チームが誰ひとり動けない。それどころか会場中が静まり返るほどの暴圧《ぼうあつ》。

その凶悪《きょうあく》なサーブに烏養《うかい》も衝撃に息を止めるほかなかった。日向も、そして冴子たちも。

「……マジかよ……」

絶望するように手すりにしがみつき、嶋田《しまだ》が小さく声を振《ふ》り絞《しぼ》ったそのあと。

ピッ。線審がインの判定をする。

「うぉぁっシャアァァァァァァ!!」

王手をかけ、及川たちが雄《お》たけびをあげる。

烏野22ポイント、青葉城西24ポイント。

スタンドで見ていた他校生たちがサービスゾーンで待つ及川を見ながら愕然《がくぜん》と呟《つぶや》く。

「……なんなんだ……」

「この場面であんなサーブ……バケモンかよアイツ……!」

ボールをバシッと受け取る及川。

「もう一本！」

重度のプレッシャーを乗り越えサーブを決めた及川は、全身にめぐるアドレナリンに昂《たかぶ》った声を出す。興奮しながらも精神はクリアで、こういうときはまず外《はず》さない。

ピーッ。審判の笛の音が響く。せめて流れを断ち切るための烏野のタイムアウトだ。

「……まぁアレだ……」

「拾《ひろ》うしかないっスね」

言葉を選びアドバイスしようとするが、なかなか言葉が出てこない烏養に澤村はなんてことはないように軽く言った。その横で東峰も頷《うなず》き、西谷《にしのや》が返事をする。

「うす！」

「きりかえきりかえ！」

笑顔でメンバーたちに声をかける澤村。

（……スゴイ精神力だ……。相当なプレッシャーがあるはずなのに……）

その様子《ようす》を見て、武田《たけだ》は感心を通り越し敬意さえ覚えた。ベンチで見ているだけでも相当な重圧だ。それでもコートで戦っている選手の重圧とは比にならない。しかもその選手たちを支《ささ》え、まとめるのが主将《キャプテン》というポジション。その背に負《お》うものはどれほどのものだろう。

そのとき、そんな澤村と東峰の肩を叩く選手がいた。

「触《さわ》りゃなんとかなる！」

菅原だ。驚く澤村と東峰の間で前を向いたまま、プレッシャーを分かちあうように肩を抱き強気に笑った。

「負けねえよ俺たちは」

「おう！」

その言葉に応《こた》えながら澤村と東峰も前を向く。未来《その先》を見据《みす》えるように。

そんな三人を潔子《きよこ》も、心のなかで応援しながらじっと見つめていた。

タイムアウト終了の笛が鳴る。

「思いっきりいけよ！」

「ぐっ」

花巻がニッと笑い、及川の背中をドンッと叩く。

いつもの遠慮ない力かげんに、一瞬ぐらつきながらも及川は「当然」と確信的な笑みを浮かべてコートに戻った。

「さあ……いよいよだぞ……絶対拾えよ！」

スタンドでは、嶋田たちが前のめりにコートを見つめる。谷地《やち》はただ必死に勝利を願い続けていた。

サービスゾーンに立つ及川。澤村は足を開いて腰を落とし、深く息を吐く。滴《したた》る汗も限界を迎えそうな体力も忘れ、ただ及川のサーブに集中する。

バシィッ!!

及川が強烈な弾丸サーブを撃つ。迫るボールを待つ刹那《せつな》、澤村の脳裏《のうり》には、この三年間で受け続けた一繋《いっけい》の、東峰の、木兎《ぼくと》の、強羅《ごうら》の、強烈な一打が蘇《よみがえ》る。

絶対に拾う。その覚悟しか澤村にはなかった。

ドッ!!

鉛《なまり》でも入っているような重いボールを受け止めた腕が、押しやられそうになるのを澤村は耐え、ボールを上げた。その威力で飛ばされ一回転してしまうが立ち上がり、上がったボールに咆哮《ほうこう》する。

「シャアァァァァァァ!!」

「〜〜〜!!」

その雄姿《ゆうし》に菅原たちや潔子、そして嶋田たちは興奮に息を呑む。上がったボールは反撃への希望。

及川が苛立《いらだ》ちに顔を歪《ゆが》ませるその向こうで、田中や月島たちがいっせいにネットへと走りだす。そして影山のトスが向かったのは後方でジャンプし、振りかぶる東峰。澤村が繋《つな》いだボールを、雄たけびをあげながら叩きこむ。

バァンッ!!

「シャアァァァァァァ!!」

反撃の狼煙《のろし》に、澤村たちは吠《ほ》えた。月島も小さくガッツポーズをしている。

「……シッ!」

スタンドで嶋田が拳を握る横で、滝《たき》ノ上《うえ》が興奮冷《さ》めやらぬ様子《ようす》で言う。

「及川のサーブ切った……!」

「よっしゃー!!」

冴子も拳を握り喜ぶ横で、谷地は感動に涙を浮かべて震えていた。

烏野23ポイント、青葉城西24ポイント。

「それでもまだ、青城のマッチポイント、この1点のカベは高い……」

嶋田が心配そうに呟く。

スコアボードをめくっていた得点係が、コートを見て顔をしかめた。

「うわー烏野……1点でもミスればおしまいなのに、ここでリベロ不在か」

歯がゆそうに控《ひか》えベンチに戻る西谷。日向が交代で入る。

ベンチでは神妙《しんみょう》な顔つきで考えていた烏養が口を開いた。

「先生」

「ハイ」

烏養の意図を察し、武田が立ち上がり主審の元へ向かう。

選手の交代。月島に代わって入るのは菅原。烏養が真剣な様子で呟いた。

「最後の勝負だ」


「フー……」

この局面での投入に菅原はやや緊張した面持《おもも》ちで小さく息を吐き、コートに向かう。

第2セット中盤で、菅原は一度、月島と交代で入っている。月島が後衛《こうえい》に入るサーブのときのローテーションは守備でも攻撃でも谷間になる。そこを点が取られるのを凌《しの》ぐだけではなく、積極的に点を取るためのローテーションで打って出たのだ。

菅原のポジションはセッター。つまり影山とふたりのツーセッターだ。

「スガさんナイッサー頼んます！」

「オオ！」

田中が菅原に声をかける横で、影山はふとなにかの気配を感じたように振り向く。

ネット前で、じっと青城チームを見据えている日向がいた。その横顔は静かでいながら薄皮の下から滲《にじ》み出《だ》すような野生の空気をまとっている。

（こいつの終盤で見せる集中力はどっからきてるんだ……）

試合終盤ともなれば、気力も体力も当然落ちる。そしてそれらが落ちれば集中力も落ちて当然の場面で、日向はどんどん研《と》ぎ澄《す》まされていくのだ。気を抜くと、呑みこまれそうな気配を放つ日向に驚愕している自分に気づき、影山は心のなかで悪態《あくたい》をつく。

（集中力だけだけどな！）

その他は認めないとばかりに日向をにらみつける影山に、田中が気づく。

「?　お前なんで日向にケンカ売ってんの?」

「これで決めるよ!」

「オオッ!」

烏野サーブに備《そな》え、気合を入れる青城。それに負けない声でベンチから縁下《えんのした》や山口が必死に応援する。

「一本集中ー!」

「いけー!」

そんな応援を受けながら、菅原はじっと集中するように目を閉じていた。

(このサーブ、ミスったら終わり……相手の攻撃を凌《しの》げなくても終わり……)

プレッシャーに固まりそうになる身体《からだ》をリラックスさせるように、息を吐き出した後、ピッとサーブ許可の笛がなる。菅原はパッと目を開け、構えた。

「いくぞ!!」

打ったボールは青城コートのサイドラインへ向かう。相手に迷いを生ませるコース。イ

ンかアウトか。誰がとるのか。アンダーか、オーバーか。

　バンッ。

　オーバーで岩泉が上げる。スタンドで嶋田が悔しそうに顔をしかめた。

（くそ拾った！　けどエースを牽制《けんせい》！）

「センター！」

　金田一が叫びながら走りこみネット前でジャンプし振りかぶる。日向の目の前で及川のトスが金田一へ——と思われたそのとき、日向がピクリと反応する。

「！」

　金田一の陰《かげ》から飛び出したのは京谷。囮《おとり》だった金田一の向こうにトスが放たれ、京谷がジャンプし振りかぶる。影山がブロックに跳んだ次の瞬間、日向もそちらに跳び出した。

「うぐっ！」

　勢いあまった日向に空中で横から衝突される影山。だが京谷のスパイクは、バチーンッと日向の手に当たり大きく弾き返された。あわてて渡が追いかけるが届かず、ボールが落ちた。

「………！」

　ドシャットした快感に、日向はパアッと目を耀《かがや》かせる。

「うおおお‼　止めたあああああ‼」

「しゃあああああ‼」

吠える烏野チームのなかの日向を見ながら、青城ベンチで入畑が悔しそうに口の端《はし》を上げた。

（止めにいったというよりとにかくボールに飛びついたという感じか……）

そしてコートで及川も、忌々《いまいま》しそうに笑いながら日向を見る。

（毎度、チビちゃんの反応の速さには舌を巻くね）

続けて菅原のサーブ。

「いくぞォ！」

「スガさんもう一本！」

田中の声を受けながら、菅原がサーブを打つ。今度は青城コート前方にふわりと落ちる。

「前、前！」

及川の声に岩泉があわててレシーブし、よろけた。

「ニャロ！」

（今度は岩泉の揺さぶりか⁉）

イヤなコースを狙《ねら》う菅原のサーブに、顔をしかめる花巻。及川は皮肉な笑みを浮かべた。

(さわやか君のくせにサーブは全然さわやかじゃねーな!!)

外見から菅原を〝さわやか君〟と名づけたのは及川自身だ。

トッ。

上がったトスに金田一、京谷が振りかぶるが、スパイクしたのはその後ろの花巻。ボールは白帯に当たり弾かれ、烏野コートへ。

「前、前、前ー!!」

叫ぶ東峰。着地しながら花巻はボールに念じる。

(落ちろー!!)

「おれがとる!」

菅原が後ろからダッシュで滑《すべ》りこみ、執念でボールを上げた。ボールはそのまま影山の上に。次の瞬間、日向、田中、東峰、澤村がいっせいにネットへと走りだす。

(止められなくても触《さわ》れ!)

金田一、岩泉、京谷がブロックに備える。誰が打つかわからない。それほど全員が気迫をみなぎらせていた。日向がジャンプし叫ぶ。

「もってこ〜い!!」

それはインターハイ予選で日向と影山が速攻の合図に使った言葉。日向が打つかと思わ

れた一瞬後。

影山が、落ちてきたボールをそのまま自分で青城コートに落とした。

「⁉」

意表をついた強気の攻撃に岩泉たちは咄嗟《とっさ》に反応できない。それだけでなく、打つ気でいた日向たちも意表をつかれていた。

それでも岩泉が手を伸ばすが、ボールが先に下へ。だがそのとき、そのボールに走りこんできたのは及川。

「くそガキどもオオオオオオ‼」

叫びながら、なりふりかまわず滑りこんで手を伸ばす。しかしボールは指の先へ落ちた。

見上げる及川の先にいたのは、自分を見下ろす影山。

そこにいるのは才能の壁。

死ぬほど憎んで、それなのに喉《のど》から手が出るほど欲したのは天賦《てんぷ》の才《さい》。それを当然のような顔で持っている者たち。

同じ学年にいる〝怪童《かいどう》〟牛島若利《うしじまわかとし》。どんな努力をしても、どうしても勝てない。募《つの》る焦《あせ》りのなか、下から現れた新しい天才、影山。

及川は自分が天才ではないことを痛いほど知っている。

「自分の力の上限をもう悟《さと》ったっていうのか？　技も、身体も、精神も、なにひとつできあがっていないのに？」

それはあるコーチに言われた言葉。

「…………」

自分の積みあげてきた練習を、どこか否定されたような気がして及川はわずかに顔をしかめる。コーチは及川に背を向け、続けた。

「自分より優《すぐ》れたなにかを持っている人間は、生まれた時点で自分とは違っている。だから、それを覆《くつがえ》すことなどどんな努力、工夫、仲間をもってしても不可能だ……そう嘆《なげ》くのはすべての正しい努力を尽《つ》くしてからでも遅くない」

そう言ってコーチは振り返る。

正しい努力を尽くす。その言葉に、及川はわずかに反応する。

まだ自分はすべてを出し尽くしていないのかもしれない。

コーチは続ける。

「自分は天才とは違うから、と嘆きあきらめることより、自分の力はこんなものではない、と信じてひたすらまっすぐ進んでいくことは、辛《つら》く苦しい道であるかもしれないけれど……」


「げやま～!!」

ツーアタックが決まって、影山を囲み盛りあがる烏野。

「――知ってるよ」

その前で及川が零《こぼ》した言葉は喜びに沸《わ》く声にかき消され、誰にも聞こえない。及川はゆっくりと立ち上がり、じっと影山を見据えた。

「けど俺は……負けない」

あきらめない限り、どんな可能性もある。

才能の壁を超える可能性が。

マッチポイントをむかえた烏野に、青城の応援団の声が響く。

「いっけーいけいけいけいけ青城！」

会場中に響き渡るそれに負けまいと、スタンドで冴子たちも声の限りに叫んだ。

「気合だー！　決めろー！」

「押せ押せ烏野！」

「いけいけ烏野！」

同じようなリズムで叫んだ嶋田と滝ノ上だったが、残念ながら言葉が違っていた。

「おい！　合わせろよ！」

今度は息ピッタリな滝ノ上と嶋田。谷地は必死な顔で、烏野の勝利を願う。

「スガさんナイッサー!!」

続く菅原のサーブ。息を吐き、打ち出されたサーブはギリギリでネットを越え、青城コート前方に落ちる。花巻と金田一が声をあげた。

「前だ！」

「岩泉さん！」

きわどく落ちたボールに、岩泉は膝《ひざ》をつきレシーブする。

「くっ！」

（よし！　牽制した！）

エース岩泉を抑《おさ》え、烏養が好機に身を乗り出す。だが青城に強打を打つスパイカーはひとりではない。

金田一を囮に、京谷が鋭《するど》く切れこむようなスパイクを打つ。

バシンッ！

だがそれを田中がおでこに手が当たりながらも、顔前でレシーブした。

「シャアアアア!!」

「りゅうううう!!」

叫ぶ田中に呼応するようにベンチから吠える西谷。縁下も興奮しながら叫んだ。

「いけぇ！」

上がったボールに走りだす菅原と反対に、ネット前へと駆けだす影山。

菅原がセッターに回り、影山が攻撃に加わって、五人同時に攻撃に回る同時多発位置差《シンクロ》攻撃。

(ここで決めろ!!)

第2セットで菅原が出てきたとき苦しめられたのと同じ戦術に、青城ベンチの松川たちが万事休《ばんじきゅう》すかと顔を歪める。

「……!」

烏野の五人がそれぞれの場所から動きだし、ジャンプする。菅原のトスは後方の東峰へ。渾身の力で打ったスパイクが京谷と遅れて入ってきた金田一のブロックを抜けていく。だがそれに花巻が飛びつき、上げた。

「くああ~!!　拾いやがった!!」

滝ノ上が悔しがる横で、嶋田が「でも」と目を見張る。

「!」

花巻はボールの行方《ゆくえ》に顔を強張《こわば》らせた。ボールは大きくコート外へ。嶋田が叫ぶ。

「乱れた!」

「頼む及川!」

託すしかない花巻の前で、及川がボールを追う。

「チャンスボォォォル!!」

千載一遇《せんざいいちぐう》のチャンスに日向と田中が備える。乱れたボールからでは、ろくな攻撃はでき

ない。

だがそのとき、走りながら及川は、ひとりの選手に向けて指を指した。力強く、しっかりと。

「⁉」

影山はその意味に気づき、ハッとする。

指の指し示す先は、岩泉。岩泉もその意味に気づき、即座に意を決した。

及川はボールに向かってジャンプし、空中で身体の向きを変えながら力強くトスを放つ。

ライト側からレフト側へコートを横断する素早《すばや》いトスに、烏養は目をむいた。

（コート外からタイミングの早い超ロングセットアップ……‼　4番が入ってきてる！）

岩泉がそのトスに向かい、高くジャンプする。及川は反動でそのままコート脇《わき》の机に背中から落ちた。すぐに立ち上がろうとして滑《すべ》り、それでもわき目もふらずコートへと戻る。

その姿は、才能の壁に絶望しながらも必死に道を模索《もさく》する男そのもの。

（才能は開花させるもの‼　センスはみがくもの‼）

コートの広さ、ネットの高さ、距離感、染《し》みついた空間認識力。コートのなかのすべてにアンテナを張り、機微を感じ取り、判断する及川の力が集まったトスが、振りかぶる岩泉の元へ。

（ドンピシャ!!）

ブロックに跳べたのは先に気づいた影山だけ。けれどそれでも間にあわず、影山を抜けたスパイクが澤村の肩に当たり、大きく弾かれる。

「くそ……！」

受けきれなかった澤村が悔しげに振り返る。

「ッシャアアアアアア!!」

これで決まったと思わず立ち上がり叫ぶ溝口の顔が、思いがけない光景にハッとする。

「！」

そのまま落ちるかと思われたボールを、田中が飛びこんで上げた。コートに戻りながら及川もそれに気づき、どこまでもしぶとい烏たちを激情を露《あらわ》にし、にらみつける。

『〝六人で強いほうが強い!!〟』

それは及川が昔、ふたつの才能に挟《はさ》まれ追いこまれたときに岩泉に言われた言葉。

頼もしい叱咤《しった》であり、現実的な希望。どんなに烏野が忌々《いまいま》しくなるほど強くなっていたとしても、及川は自分のチームの力が上だと信じている。

「つなげぇぇぇぇぇぇ～!!」

上がったボールにベンチから西谷たちが叫べば、青城ベンチから松川たちも必死に叫ぶ。

「チャンスボォォォ〜ル‼」

ボールはエンドライン上へ。その叫びに東峰が走りこむ。

(チャンスにさせて——)

スタンドの滝ノ上と嶋田が驚愕する。

(そっから打つ気か⁉)

走りこみ跳び上がった東峰は、エースの意地とばかりにエンドラインから振り向きざま強烈なスパイクを打ちこむ。

(——たまるか‼)

予想外の攻撃に渡は咄嗟に飛びこんでレシーブするが、ボールは弾かれて低く上がりネットにかかった。落ちるボール。けれど渡にはどうすることもできない。

ダンッ！

だが、それに大きく一歩踏みこみ、むりやりボールを上げたのは京谷だった。

「京谷ナイス！」

叫ぶ渡。ボールはネット上へ。澤村が声を張りあげる。

「叩け影山‼」

ボールに向かいジャンプする影山。だがそうはさせないと金田一がブロックへ跳んだ。

バンッ!!

「ぐっ」

金田一の手に弾かれたボールが、菅原の顔面に当たる。

(くそみっともねえ……!)

そう思いながらも、上がるボールを見れば恥などあるはずもない。

繋がったボールに日向の足は助走をつけるため後方へ。そしてネット前へと駆けだしながら叫んだ。

「よこせえええええええええ!!」

絶叫の向こうで、及川は焦《こ》がれるような気持ちで待ちかまえる。

(——こい。お前の最強の武器でこい! 飛雄《とびお》!!)

影山がボール下へ。ネット前で岩泉、金田一、京谷がブロックに身構える。高く跳び上がった日向に合わせ、岩泉たちも跳んだ。影山が振りかぶる日向の手にトスを放つ。

日向と影山の完璧《かんぺき》なタイミング。だが日向の前には三枚ブロック。

まるで、インターハイ予選のラスト。

けれど、その一瞬。日向はブロックの隙間《すきま》を見た。

それと同時に、後方にいた及川も日向の動きを読んだ。

その軌道上で迎え撃とうとする及川、だが——。

バァンッ……!!

ボールが金田一の指に当たる。軌道がわずかにずれ、及川の腕を弾き後方へと弾かれるボール。瞬《まばた》きする間もなく飛び去ったボールが、乾いた音を立ててコートにバウンドした。

息もできない静寂《せいじゃく》のなか、日向はゆっくりとジンジンする自分の手をギュッと握る。

ピッ。

得点を知らせる笛の音が鳴り、身体のなかから湧《わ》きあがる歓喜に烏野チームが咆哮《ほうこう》した。

「よっ……」

「しゃあああああああ!!」

ネットを隔《へだ》てた青城コートでは、敗北に声も出ない。及川、岩泉、京谷は転がったままのボールを見つめ、花巻は天を仰《あお》ぎ、渡は膝をつき、金田一は深くうつむく。ベンチも、誰ひとり動くことのできないまま、ただ立ち尽くす。

烏野26ポイント、青葉城西24ポイント。

勝者、烏野高校。

「やったー！」

「よくやったー！」

抱きあい、喜びあう谷地と冴子。嶋田と滝ノ上は後輩たちの雄姿《ゆうし》に打ち震えた。


「よし！　整列だ！」

「ウスッ」

澤村が声をかけ、最後の挨拶《あいさつ》をするべくそれぞれエンドラインに並ぼうとするなか、日向はネット越しに見つめあっている影山と及川に気づく。

わずかに眉《まゆ》を寄せムスッと影山を見ていた及川が、苛立たしそうに顔をしかめた。

「これで一勝一敗だ。チョーシ乗んじゃねぇぞ」

そう吐き捨てられた影山は、悔しそうに呟いた。

「……乗れません」

その力を認めているからこそ相容《あいい》れないこともある。踵《きびす》を返し、それぞれのチームに戻っていくふたりを日向はじっと見つめた。

両校が並び、互いに頭を下げる。

「ありがとうございましたー！」

会場から大きな拍手が起こり、戦いが幕を閉じた。

「やったな、先生」

選手たちと同じく頭を上げた烏養が、武田に声をかける。

「はいっ」

嬉《うれ》しそうに返事をする武田と胸を張る烏養の横で、潔子がそっと嬉し涙をこらえていた。


入畑が選手たちを前に、神妙な様子で口を開く。

「……なにを言おうとも、結果は結果のまま。悔しさが薄まることもない。後悔の残るプレーもあるだろう。それでもまずは言わせてもらいたい」

それを聞いている選手たちの顔は、一様《いちよう》に険《けわ》しい。そのなかで及川は主将らしく、表情を殺してじっと聞いていた。

入畑は、ひと息置き、言う。

「よく戦った」

その言葉に、選手たちの箍《たが》が外《はず》れた。こらえきれない涙があふれる。

戦いは終わってしまった。このチームでは、もう戦うことはできない。

――自分たちは負けたのだ。

そんな生徒たちの様子に溝口もグッとこみあげる涙をこらえる。

「……スタンドに挨拶《あいさつ》に行こう」

及川が声をかけ、応援団の前へとそれぞれ移動する。小走りで向かいながら、岩泉は最後のスパイクを思い返していた。

みんなが必死に繋げ、不利な状況から逆転できるはずだった。それなのに。

（あれを決められずに……なにがエースだ!!!）

激しい悔恨《かいこん》に岩泉の足が止まる。奥歯を噛《か》みしめても耐えきれない涙が頬《ほお》に流れる。自責の念に岩泉が息もできなかったそのとき。

――バンッ!!

突然の衝撃に岩泉はハッとする。背中を叩いて通り過ぎていったのは及川だった。

バシッ。バシッ。

続けて花巻と松川も背を叩いて通り過ぎていく。

烏

励ましの言葉などいらなかった。それだけで十分すぎるほど伝わってきたから。

岩泉はユニフォームで涙を拭《ぬぐ》い、ひと足遅れて整列し顔を上げた。及川はそんな岩泉のタイミングを見計《みはか》らい、頭を下げた。

「ありがとうございました」

「ありがとうございました！」

続けて頭を下げる選手たちに、スタンドで見ていたベンチメンバーたちは悔しそうに、けれど惜しみない拍手を送る。そのなかで、ひとりの選手が大泣きして「……ちくしょう……！」と呟いた。

アリーナを後にする及川たち。まだ冷《さ》めやらぬ後悔に険しい顔のままの選手たちの前に、突然バッと号泣《ごうきゅう》しながら現れたのは3年ウイングスパイカーの温田《ゆだ》兼生《かねお》。

「お前ら最高だった……!!　強かった……!!　もう優勝でいい!!　優勝だった!!」

「温田、なに言ってる⁉」

「落ち着け！」

大号泣する温田を取り押さえるのは、同じく3年のウイングスパイカーの志戸《しど》平介《へいすけ》とミドルブロッカーの沢内《さわうち》求《もとむ》。試合に出られなくても、及川たちと三年間をともにしてきたバレー部員だ。

「ハジメェ〜〜」

温田はそんなふたりを振りきり、泣きながら岩泉の頭をガシガシと撫《な》でまわす。

「くそぅ……温田っちを見ると冷静になってしまう……」

「それな」

そんな光景に呆《あき》れたように言った及川に花巻も同意した。

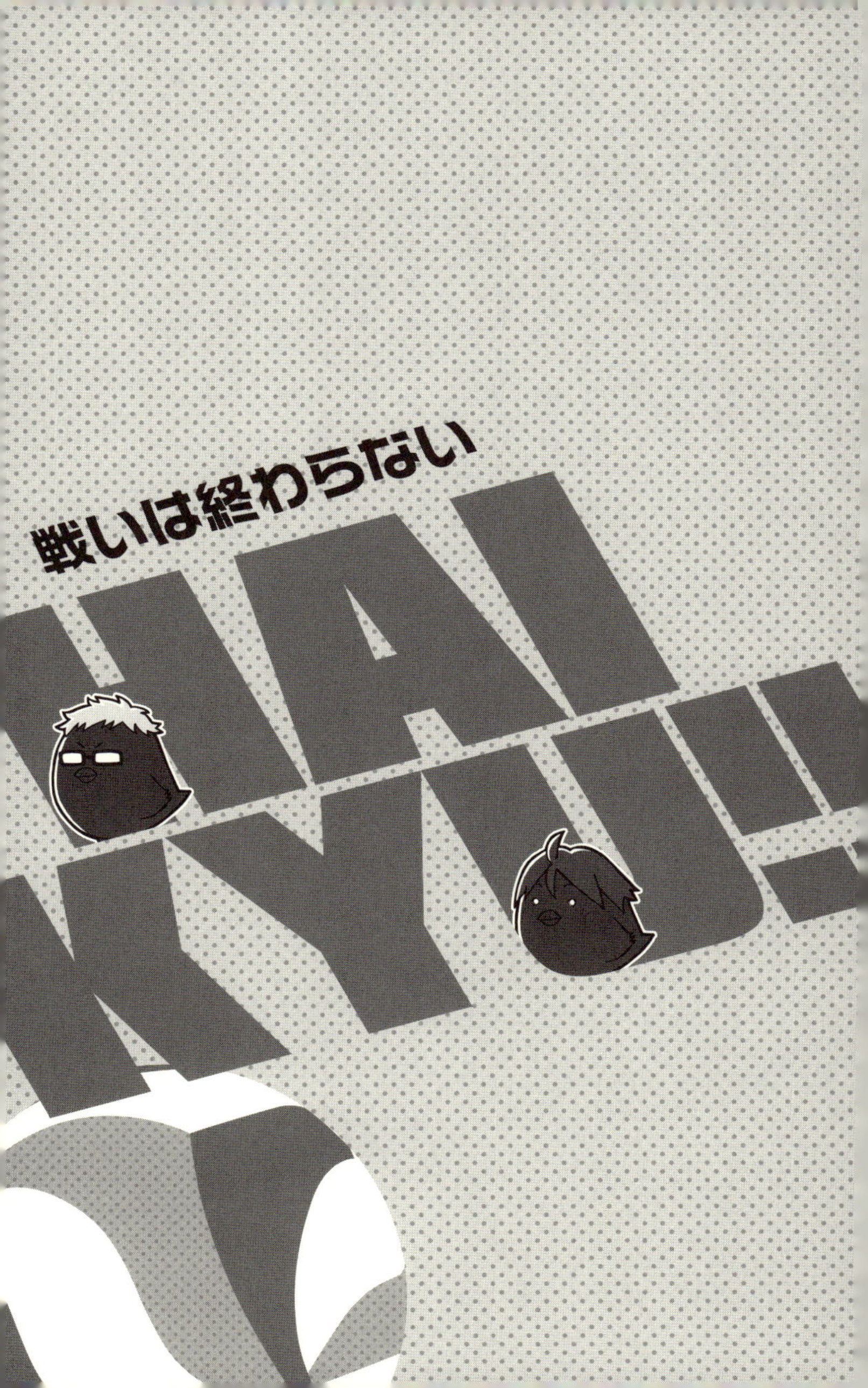
戦いは終わらない

「おじちゃん、替《か》え玉《だま》ちょうだい!!」

青葉城西《あおばじょうさい》3年生と有志でやってきた行きつけのラーメン屋『珍道中《ちんどうちゅう》』。カウンターで、もごもごと麺《めん》を頬張《ほおば》ったままおかわりを頼む及川《おいかわ》に、隣に座って同じようにラーメンを食べていた花巻《はなまき》と温田《ゆだ》が驚く。

「マジかよ⁉ さっきも先生に飯《メシ》オゴってもらったじゃん!」

「うるへー! 食わずにやってられっか!!」

荒れる及川は飲みこむ前のラーメンや汁を花巻の顔に飛ばしながら叫ぶ。

「⁉ キッタねー! ふざけんなテメェ!」

思わず立ち上がり、及川に殴《なぐ》りかかる花巻。

「グエッ!! 殴ったね⁉ 岩《いわ》ちゃんにしかぶたれたことないのに!!」

花巻の隣の沢内《さわうち》は食べながらもハラハラと見守っていたが、そのまた隣の志戸《しど》は気にする様子《ようす》もなくマイペースにラーメンを食べている。

その後ろのテーブル席では、金田一《きんだいち》と松川《まつかわ》と岩泉《いわいずみ》が座っていた。

「おでは……！　まづがわさんまでっ…つなげずにっ……!!」

泣いてラーメンどころではない金田《きんだ》一《いち》に、松川は冷静に告げる。

「金田一、鼻をかめ」

「国見《くにみ》と京谷《きょうたに》は？」

ふと思い出したように松川に尋《たず》ねる岩泉。

「帰った」

「ごちそうさまでした〜」

「した〜」

店を出ると、夕方になっていた。茜色《あかねいろ》の空にカラスが飛んでいる。

「じゃあすみません、失礼シャス！」

「失礼シャス！」

きっちりと頭を下げる金田一たち1年生に、松川が「おう、じゃーなー」と答える横で、及川はこみ上げてくる悔《くや》しさに、「ハァ〜〜クソックソッ!!」と先に歩きだす。続けて松川たちも歩きだした。

「本日五十三回目のクソ」

「快便か」

松川に突っこむ花巻。

「うんこ野郎だな」

松川の言葉に及川は噛《か》みつく。

「だってクソ悔しいじゃんかよ！　今回は絶対全国行けるチームになってた……!!」

「まぁ行ったら行ったでボコボコだったかもよ？」

「そんなことねーし！　マッキー卑屈《ひくつ》モードやめてください!!」


金田一たちは、去っていく3年生たちを見送る。

「3年生けっこう元気だな。もっと落ちこむのかと思ってた」

「試合後のミーティングの時はすげぇ落ちてたけど」

いつもと変わらないやりとりに、1年生たちが意外そうに、でも少し安堵《あんど》してそう言うと、金田一はポツリと独《ひと》り言《ごと》のように呟《つぶや》いた。

「……家に帰ってひとりになったらどうしようもない時間がくんだよ」

「……！」

その言葉に1年生たちはハッとする。

勝ち残るために積み重ねた日々が、負ければあっけなく終わる。できることはいつもどおりを装《よそお》うことだけ。


「元気出せよハジメ……！　眉間《みけん》のシワがスゲーぞ」

ちょっとした渓谷《けいこく》のように深く刻《きざ》まれた眉間の岩泉に、温田が苦笑《くしょう》して注意した。だが岩泉は「わかっとる！」とさらに眉間のシワを深くする。

及川がそっと口を開く。

「……澤村《さわむら》くんのレシーブも、坊主《ぼうず》くんのフォローも、ヒゲくんのスパイクも、渡《わた》っちのレシーブも、狂犬《きょうけん》ちゃんのフォローも、飛雄《とびお》のダイレクトも、金田一のブロックも、あのときの全員が120パーセントだった。それを全部足《た》して！　あのときちょっとだけ烏野《からすの》が上だった！　ちょっとだけな!!」

ひねくれながらも烏野を認めた及川が、立ち止まり岩泉を振り返る。

「それより岩ちゃんは、あのトスに完璧《かんぺき》なタイミングで入ってきてた自分を、称賛《しょうさん》するべきだ」

それまで黙って聞いていた岩泉だったが、クワッと目を見開き吠《ほ》えた。

「……トスもタイミングも完璧だったからよけい悔しいんだ‼」

「ごもっとも‼ でも、ラスト反応したのに拾《ひろ》えなかった俺のほうが凹《へこ》んでしかるべきだね！ 俺のほうが悔しいね‼」

しかし負けじと吠え返す及川を岩泉は有無《うむ》を言わさずブン投げた。

「ワ〜〜〜‼」

そんな幼馴染《おさななじみ》ふたりを横目で見ていた松川と花巻。

「なにを競《きそ》ってんだ」

「お〜通常運転」

そんなふたりを見遣《みや》ってから、松川は目の前にある建物を振り返る。

「……つうかよ、帰るんじゃなかったっけ？」

いつのまにかやってきていたのは、青葉城西体育館だった。

バレー部員が体育館でやることは決まっている。適当に決めたチーム分けで、及川、花巻、温田、沢内チーム対岩泉、松川、志戸チームで対決する。

軽めに始めたが、いつのまにか汗をかくほどに熱中していた。

「やばい!!　ラーメン出る!!」

ネット前で息ぎれしながら叫ぶ花巻。その後ろから及川が渾身《こんしん》の力でサーブを打つ。凄《すさ》まじい威力にレシーブしようとした腕を弾《はじ》かれ、松川が吠えた。

「及川!　本気サーブ打つんじゃねーよ!!」

その横で青息吐息《あおいきといき》の岩泉が横《よこ》っ腹《ぱら》を押さえうなだれる。

「脇腹《わきばら》いてぇ……!」

「1、2年の誰か引っ張ってくれればよかったな。3年だけだと人数微妙だ」

「休ませてやれよ」

ネット越しに花巻に言われ、志戸は苦笑《くしょう》する。

「オーライ!」

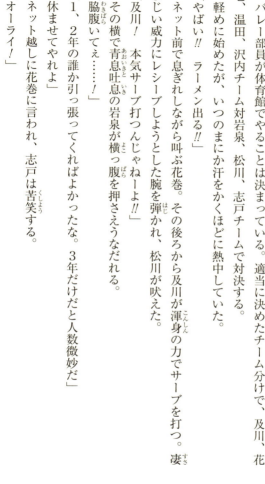

「なろ！」

「フェイントなし！　フェイントなし！……アア〜〜!!」

「ズリィ〜!!」

「へへ〜」

ゲームは続く。時間を引《ひ》き延《の》ばすように、ゆっくりと陽《ひ》が落ちるまで。

「ボチボチ片さないと見回り来るぞ〜」

岩泉の声にネットやボールなどを片づけはじめた花巻たちに、水分補給していた及川がゆっくりと近づく。

「みんな、ちょっといいかい？」

その声に全員が振り向く。花巻が及川の顔を見てハッとする。

「おいやめろ！　せっかくいい感じで終わろうとしてんだ、このまま平和に終わろうぜ!!」

「うるせぇ!!」

「っ!?」

一喝《いっかつ》され押される花巻。及川は間髪《かんはつ》入れずありったけの声で叫んだ。

「3年間、ありがとう!!!」

そう叫んだあと、及川の目から涙がとめどなくあふれた。

こんなふうに後悔を残したまま、終わるつもりじゃなかった。

けれど、終わってしまったのだ。

言わずにはいられなかった。言わずには終われなかった。

息を詰まらせながら子供のように顔をしかめ泣く及川に、全員が泣いた。

「……言わんこっちゃねぇよ……」

花巻が呟いた声は、汗と涙の染《し》みついた体育館に小さく消えた。


満月が照らす深い藍色《あいいろ》の夜空の下、人も車も通らず、誰もいなくなったような住宅街を及川と岩泉はなにも言わず歩いていく。

通い慣れた道。ふたりの目元は赤く腫《は》れている。

からっぽになるまで泣き、話す気力もなく、ただ夜の街《まち》を歩く。

だが、ふと岩泉が口を開いた。

「……お前はたぶん、じいさんになるくらいまで幸せになれない」

「なに⁉　いきなりなんの呪《のろ》いなのさ⁉」

突然話しだしたかと思えば、不吉なことを言う岩泉に及川は声を荒らげる。けれど岩泉はかまわず前を向いたまま続けた。

「たとえどんな大会で勝っても、完璧に満足なんてできずに一生バレーを追っかけて生きていくめんどくせぇヤツだからな」

「こんなときでも悪口はさむね！」

「でも……迷わず進めよ」

その言葉に、むくれていた及川がわずかに変わった幼馴染の横顔に気づく。岩泉は立ち止まり、及川に向き直る。そしてまっすぐ見つめて言った。

「お前は、俺の自慢の相棒で超すげぇセッターだ。この先、チームが変わっても、それは変わんねぇ」

真正面からの言葉に及川は驚き、目を見開く。

それは及川の努力を一番間近で見てきた岩泉の本心だった。

「でも戦うときは全力で倒す」

そして選手としての本音《ほんね》ももらした岩泉に、及川は小さく笑ってから向き直る。

「……望むところだね」

宣戦布告をニヤリと不敵《ふてき》に笑って受け取る及川。

バレーボールを知ったのも、習い始めたのも、一緒だった。勝利する喜びも、挫折《ざせつ》しそうな敗北も一緒《いっしょ》に味わった。もう同じチームになることはないかもしれない。

けれど、それは別れじゃない。

ふたりはゆっくりと力強く拳《こぶし》を合わせた。


その頃、矢巾《やはば》は湯船に顔を半分を沈めていたが、どうしようもなく煮えたぎる蝕《むしば》まれるような悔しさに思わず立ち上がり叫んだ。

「ウオアアアアアアア〜!!」

「しげるうるさい!!!」

それを上回る声で母親に注意をされるが、矢巾の胸の内は静まらない。

一方、渡《わたり》は自室のパソコンで今日の試合の映像を振り返っている。

国見もまた、自室のベッドに座って収まらない気持ちのまま、何度もトスを繰り返していた。

京谷は町民体育館で練習しているバレーサークルに混ざり、ジャンプサーブを打ち続けている。

金田一は歯を食いしばり、全力で県道を走っていく。

敗北の悔しさを糧《かて》に、次の青城チームはもう動きはじめている。


試合後、会場入り口の横に張ってある紙を、日向《ひなた》と影山《かげやま》はじっとにらみつけていた。

「おーい。なにやってんだぁ⁉　さっさとバスに荷物積んじまえー」

「どうしたのふたりとも？　あっ！」

田中に声をかけられても動かないふたりを心配してやってきた谷地《やち》は、その紙に書かれている文字にハッとした。

白鳥沢《しらとりざわ》学園の大エース、牛島若利《うしじまわかとし》は、絶対的な自信を持ち、言った。

『やせた土地で立派な実は実らない』

決して恵まれた環境とはいえない烏野や、他の高校を全否定され、日向は牛島に白鳥沢に勝って全国へ行くと宣戦布告したのだ。

「コンクリート育ちの力、見せてやる！」

宣言し、歩きだす日向と影山を谷地があわてて追う。

「あ、ま、待って！」

紙に書かれてある文字は、『宮城《みやぎ》県代表決定戦（男子）決勝　白鳥沢 対 烏野』。

——明日《あす》、全国大会へ行く一校が決まる。

■初出
劇場版総集編 ハイキュー!! “才能とセンス” 書き下ろし
この作品は2017年9月公開（配給／東宝）の
劇場版総集編『ハイキュー!! “才能とセンス”』をノベライズしたものです。

劇場版総集編
ハイキュー!! “才能とセンス”

2017年 9 月20日 第1刷発行
2022年 6 月 6 日 第2刷発行

著　者／古舘春一　吉成郁子
©2017 Haruichi Furudate
©2017 Ikuko Yoshinari

装　丁／渡部夕美［テラエンジン］
編集協力／佐藤裕介［STICK-OUT］　北奈櫻子
編 集 人／千葉佳余
発 行 者／瓶子吉久
発 行 所／株式会社 集英社
〒101-8050 東京都千代田区一ツ橋2-5-10
TEL【編集部】03-3230-6297
【読者係】03-3230-6080
【販売部】03-3230-6393（書店専用）
印 刷 所／図書印刷株式会社

©Printed in Japan　ISBN978-4-08-703427-1 C0093

日常秘話満載の小説
文庫版になりましたァア!!!

JUMP j BOOKS：http://j-books.shueisha.co.jp/

本書のご意見・ご感想はこちらまで！

http://j-books.shueisha.co.jp/enquete/